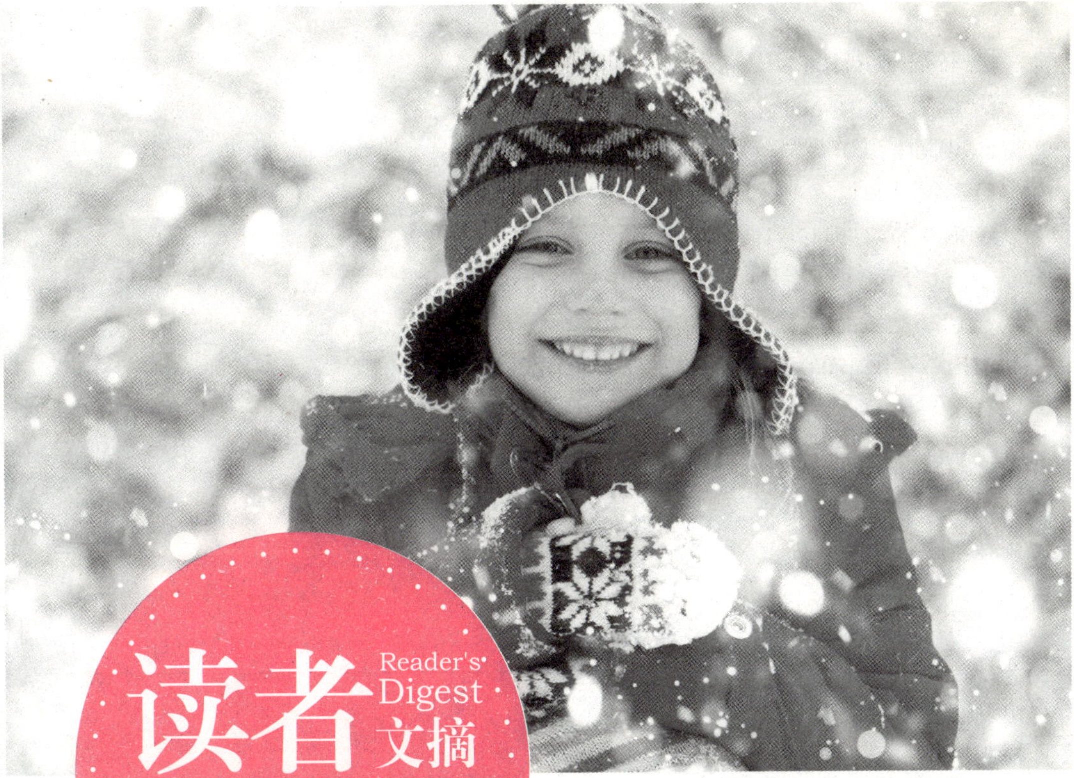

读者文摘 Reader's Digest

（智慧篇）

Zhihui Pian

佳作评选
精华版

成功没有彩排的机会，每一天都要以正式上场的姿态面对。琐碎的光阴，庸常的日子，读一篇读者文摘，为疲倦的身心注入新的活力。

《读者文摘》好运将一路相随！

一点点悟透人生的奥秘，一步步走入幸福的深处。

给生活一张漂亮的脸

Gei Shenghuo Yizhang Piaoliang De Lian

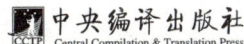

夏妙录／著

中央编译出版社
CCTP Central Compilation & Translation Press

图书在版编目（CIP）数据

给生活一张漂亮的脸 / 夏妙录著. -- 北京：中央
编译出版社，2014.2
（读者文摘）
ISBN 978-7-5117-1894-5

Ⅰ.①给… Ⅱ.①夏… Ⅲ.①散文集–中国–当代
Ⅳ.①I267

中国版本图书馆 CIP 数据核字（2013）第 275569 号

给生活一张漂亮的脸

出 版 人　刘明清
排版制作　腾飞文化
责任编辑　邓永标　余海伦
责任印制　尹　珺
出版发行　中央编译出版社
地　　址　北京西城区车公庄大街乙 5 号鸿儒大厦 B 座（100044）
电　　话　（010）52612345（总编室）　　　（010）52612371（编辑部）
　　　　　（010）66161011（团购部）　　　（010）52612332（网络销售部）
　　　　　（010）66130345（发行部）　　　（010）66509618（读者服务部）
网　　址　www.cctphome.com
经　　销　全国新华书店
印　　刷　北京盛兰兄弟印刷装订有限公司
开　　本　710×1000 毫米　1/16
字　　数　180 千字
印　　张　14
版　　次　2014 年 2 月第 1 版第 1 次
定　　价　28.00 元

目录
Contents

Contents

目录
Contents

第四辑　只要你回家

目录
Contents

欠你一篮花　第五辑

懵懂年华

那些年，与青春有关的日子。那个懵懂的年纪，只会傻傻地独自寻觅。

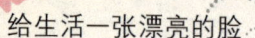
父爱如山

时间在父亲的心田留下的脚步声，时而轻快无声时而铿锵作响。父亲看见我们交谈试卷的笑脸时，时间在他心田里的脚步声节拍轻快；父亲看见我们后悔不迭地交换意见时，时间在他心田里的拍击声明显狠毒铿锵。

父亲是一位间歇性精神分裂症患者，我之所以很少直呼这种病名，只因怕有损父亲的形象。在我的家里"疯子"一词是众人避讳的，只怕触动父亲心中那根感伤的弦。然而年少时的我幼稚得叫人汗颜，不但不知道感恩，反而把父亲的病情看作是自己无法抬头直面人生的理由。我总是在心中最隐秘处小心翼翼地把父亲藏匿。

我不知道父亲的病因。母亲只是说，他在一座深山老林里日夜劳作几个月后的某天夜里突然就精神失常了。在父亲的心中一直有道坎，他无法轻易迈过去。无法迈过去的坎在特定的环境作用下演变成心中的魔，那魔操纵了父亲的言行。

父亲在寒冷的时节发病。随着父亲病情的加重，惨白的脸，阴森可怕。出生不到一周岁的我是父亲心中的暖炉。他抱着我、亲着我，给我讲述闯荡天南海北的艰辛，夜宿深山老林的恐惧。他嘱咐我要学会坚强，受外人欺负不哭泣，挨家人打骂不求饶。父亲曾经抱着我从二楼的窗口跳下去，在山冈山岭间来回奔走，不论别人怎么恳请，他就是不肯把我交出去。叫家人难以想象的是父亲从没把我摔伤或者弄哭。我想，那时候的父亲是一只树袋熊，我在他臂弯构建的育儿袋中，狂奔急走。但是我毫不知

晓心魔在离我咫尺的地方一天天长大，父亲的神志是它的奴隶。

父亲第二次发病是在很热的季节。我和弟弟中考后，全家人在等待结果。被等待的是当时我们全家人认为世界上最有价值的两张纸——通知书。一张被期待着邮寄给我，一张被期待着邮寄给我的弟弟。备受期盼的那两张纸，像蝴蝶一样飘飞在母亲的梦里、我的梦里、弟弟的梦里。父亲没有入梦，他彻夜不眠。蝴蝶一样美丽可爱的通知书并没有飞进我们家窗口，而是飞进了其他同学家的窗口。我和弟弟被拒绝在中专院校的门外，父亲的梦破碎了。父亲又一次像蝴蝶般飞出了窗口。父亲在呓境中狂奔不止。父亲在狂奔中的呓语都与我和弟弟的中考成绩有关，关键词是"降分""三分"。"三分"成为我心中永远的疤痕，我站在以它为界的中专院校门外哭泣，同时承受着面对父亲的巨大愧疚。

父亲受病魔的控制将近一个月后，毅然站立起来。他到山冈山岭间挑选竹子，在细碎的竹条子上编织着更大的梦想——大学梦。我的祖祖辈辈没有一个人上过大学，但父亲只相信自己篾刀锋芒的力量。

父亲是追梦的人，族人都这么说。父亲是篾匠，编得一手好竹席，他编制的竹席是人们夏季里外出时表达友谊的馈赠品。父亲编制的竹席走南闯北，有的去了广州、深圳、海南，有的去了上海、北京、辽宁。父亲的篾刀锋上寄托着两个梦，他要我们姐弟做他的梦中人，拿工资吃饭。父亲在竹子身上的削、劈、刮、拉、编，都是要为我们姐弟点中梦想的穴道。父亲一路追随着我们姐弟俩，把家一迁再迁。先是搬离窝在群山褶皱里的故乡，寄居在离故乡五十多里的小镇。那时候我们姐弟俩是初中生。父亲的中专梦破碎后，我和弟弟成了高中生，父亲又把家搬到县城。从东门到西门，向我们姐弟就读的学校靠近，向梦的发祥地靠近。对于我们家的屡屡搬迁，母亲有句不太贴切但是很形象的比方：讨饭人过宫。

一九八九年的七月七日是父亲无限彷徨的日子，也是让一家人无比惊恐的日子，同时也是父亲的竹席生意最红火的时日。那天上午，我和弟弟双双走进高考考场。走进考场之前，我和弟弟就担心落榜后的天昏地暗，母亲也是。

父亲本该在家里编制客人催着要拿走的竹席，但是他做不到。父亲在编制竹席的花纹时一错再错，他不得不放下手头的活计。父亲和其他一些家长一样，坐到了考场附近。多亏了那时候考场的周边环境不像现在这样严格把守，否则我不知该怎样去想象我那心在考场身在场外的无奈父亲。焦虑的步子，徘徊的身影，父亲在考场附近的操场上至少能够看得见：第六考场出来两个人，上厕所；第二考场出来一个人，上厕所……我和弟弟所在的考场没有人出来上厕所。

每考完一科走出考场总能看见父亲一脸的询问，但他没有把心中的疑虑化作至少能获得些许安慰的征询，哪怕是轻声的一句"好考吗"也不问。他知道那样做只会让我们的心情更加压抑不堪负重。父亲沉默如山。到家里接过父亲为我们准备的鲜荔枝，我的心情重如山。因为那时候荔枝的价格是九元一斤，而父亲的竹席价格是三十一元一条，一条竹席还够不上四斤荔枝的价钱。

七月七日到七月九日，每一分每一秒都是在父亲的心尖上擦刮而过的。时间在父亲的心田里留下的脚步声，时而轻快无声时而铿锵作响。父亲看见我们交谈试卷的笑脸时，时间在他心田里的脚步声节拍轻快；父亲看见我们后悔不迭地交换意见时，时间在他心田里的拍击声明显狠毒铿锵。那几天父亲吃得极少，夜不能寐。

等待分数线的日子是蚌肉里嵌进沙粒的日子。那两份已成定数但还不为人知的分数正在演化，从沙子到珍珠。我们一家人是流动的蚌肉，蚌到之处疼痛如影随形。漫在我们家的空气疼痛，进入我们家的阳光也疼痛。父亲几乎又被心魔控制了言行，靠一种叫做奋乃静的药物麻痹着思想。药物作用下的父亲，神情呆滞，动作迟缓。

当我们姐弟俩收到大学录取通知书的时候，父爱已然成为一座高山。我和弟弟是高山上的花和草，汲取着泥土里的养分，沐在爱字里的花草时刻准备着为世人奉献芳香。

父亲的德行是儿子最好的遗产。

——塞万提斯

你是我的重点

母亲扯着我的行囊说了一大堆的好话，有句话让我的心颤抖了一下。她说，你永远是我的重点。自从分进了差班，我就对"重点"这个词特反感，但是从母亲口中说出来的这词却让我流了泪。

十六岁那年我异常憎恨重点二字，原因是我在与重点二字对立的差班里。

我们学校每年都给初三学生分班，把学习好的集中在一个班叫重点班，其他的班级叫平行班，平行班就是差班、垃圾班。

我进入垃圾班的一段时间内，非常迷恋一种扑克牌游戏，叫拱猪。母亲经常找不着我吃饭。

开始我们不赌钱，只拿输牌的人当猪取乐，让他用嘴唇拱开众多叠放着的扑克牌，像猪寻找食物般，寻找那张我们藏匿的"猪"——黑桃Q。找到黑桃Q再用嘴叼出来，才算由猪演变为人，方可挺直腰杆继续下一轮游戏。

让我们觉得倍感解气的是，我们商议好拿拱猪的人当校长或给我们上课时骂我们垃圾的老师，向他大声喊叫"蠢猪！笨猪！猪头！猪脑！"或者让他豁开嗓门粗声粗气地模仿猪争槽抢食的声音，还拿手指戳他的头颅，"猪"一概不生气。这种指桑骂槐的场面，要多刺激就有多刺激。

在这样的场面下，母亲喊我吃饭的声音就显得苍白无力。

直到父亲出现。

父亲手上总是挥舞着木棒，嘴里吆喝着"你这个猪头！"我在吆喝声中躲避着父亲手中的棍棒，悻悻回家。

后来，记得是在我被数学老师打了耳光，又让班主任叫到政教处挨了几个飞毛腿之后，我建议把"猪拱食"的环节省略，让输牌的人拿出一分、两分或五分的硬币代替。输出来的钱充公，交给我保管，等到数目够我们去一趟县城，我们就集体逃课去县城见见世面，顺便找点事做，永远不回那个垃圾班让人看轻。

父亲发现扑克牌边上有硬币后，他手上的棍棒就不只是威胁作用了，常常冷不丁地就落在我的背上、腿上、手臂上。让我在剧痛中丢下钱，像只受惊的老鼠一下子蹿进山林不敢出来。

直到母亲来叫喊。

母亲不是我的生母，在我咿呀学语时，生母的娘家人教我喊母亲为姨，我很不懂事地就这样喊了她十六年。其实她为了我宁愿不生育，她说只有这样我才能成为家庭教育的重点。

有一回我逃学去玩拱猪，又被父亲捉住。一阵乱棒之后，父亲叫我滚得远远的，别再回家，那样他就可以让母亲生一个听话像样的儿子或女儿。

这话比落在我身上的木棒更疼，疼得更彻底。

我瘸着腿回家整理衣物，反正读书读得很窝囊，没人拿我当重点，倒不如出去打工，永远不回来受气。

那时，永远这词很有感伤力度，但常把自己感伤得英雄气短：早上第一节课刚打算离家出走，第二节课就改变了主意。

但是，这回很坚决。

是母亲拦下了我。

母亲扯着我的行囊说了一大堆的好话，有句话让我的心颤抖了一下。她说，你永远是我的重点。

自从分进了差班，我就对"重点"这个词特反感，但是从母亲口中说出来的这词却让我流了泪。我知道她真拿我当重点，尽管我进了差班成了垃圾学生，也不可能考上好的学校。

在我拒绝午饭和晚饭后，母亲又来到我的房间守着我。打小我有什么心思就逃不过她的眼睛，她知道我想趁着夜色离开家。

母亲在灯光下守着床上的我，同时守着书桌上的饭菜。

母亲说："你把姨当重点吗?"我在心里默认了但没出声。

母亲又说："你别让我唯一的儿子饿坏啊?"我转过身面向墙壁，在心里讥笑她拿我当小孩哄劝。

母亲一遍又一遍地热饭菜，一遍又一遍地叫我别把她的独生子带上歪路，或者送进监狱，甚至送上不归路。她说，那样她就会孤苦伶仃地度过余生，老了没人养，死了没人送终……

我终于忍受不住她无比真诚又带有爱意的叨唠。

我默默地起身。

母亲高兴地跳跃起来，飞也似的奔到我的床前，抓住我的手臂，像搀扶老奶奶似的把我扶到书桌旁。

母亲站在书桌旁说："我就知道你心疼姨，舍不得姨为你伤心。"

我再也无法让内心的大海平静如斯，我开始泪水滂沱地吃起饭菜。

吃完，我喊了一句："娘，我饱了。"

那是我有生来第一次喊娘，娘愣在那里没应我，直到我喊第二句，她的脸绽放成一朵墨菊，应了声："哎"。

从那以后，娘成了我生命里的重点。

母爱是世间最伟大的力量。

——米尔

笨鸟来了

没多久，有关笨鸟的"事迹"在校园里飞速地流传开来，别的班有些好奇心强的同学也结伴前来参观"笨鸟"。谁都觉得奇怪，在我们这样一个全市最有名的贵族学校，竟有人笨成这样！

学期快过去一半了，班上来了位新同学，样子挺怪，一开口就举手在后脑勺上摸，好像他的后脑勺装了开关，不按它嘴巴的功能就无法启动。

因为个子超小，老师安排他坐在靠近讲台桌的地方，一人一桌，自成一组。

一天午饭后，我们到教室上自主学习课，就是老师不在，由纪律委员管理的课。大伙都觉得太热，想开空调，但是谁也不敢轻易走动，否则被纪律委员记下名字交给班主任，那就麻烦大了。

有人指了指新同学，他离讲台最近可以随手拿到遥控器。大家悄悄把意图传给新同学后，他却一脸茫然，根本不认识遥控器似的。经边上同学指点，他才拿了遥控器，又是一副愣头葱模样。

边上许多同学对着他发指令，又是做手势又是变换嘴形，就是没敢出声。新同学硬是没开窍，拿着遥控器翻来覆去地看。

这时，不知谁轻喊了一句："笨鸟！"

纪律委员马上发话："谁？"

教室里又恢复到鸦雀无声，大家忙着做作业。新同学也没闲着，他在遥控器上按了按，然后转身羞涩地笑了笑。

仿佛在问大家：现在行了吧？不一会儿，教室里越来越热。

空调机在制暖！这下子不管纪律委员怎么发话也没用了，教室里炸开了锅，很多人喊出"笨鸟"一词，新同学还是一副茫然的样子。

后来，我们又有很多新发现：新同学不仅不会用教室里的吸尘器搞值日，也不会拉窗户的卷帘，甚至不知道饮水机哪边出热水哪边出冷水……

没多久，有关笨鸟的"事迹"在校园里飞速地流传开来，别的班有些好奇心强的同学也结伴前来参观"笨鸟"。谁都觉得奇怪，在我们这样一个全市最有名的贵族学校，竟有人笨成这样！

转眼就到了一年一度的义务劳动节，我们全年级近千人马分为几十个大组，浩浩荡荡地往学校的蔬菜基地开去。

我们的任务是采摘一亩地的毛豆，班主任把我们班分为四个组，每组一个大筐，一把割刀，还有一个大水筒。没等班主任把话说完，大家就手痒痒地想动手摘豆。

分完组，老师才突然发觉笨鸟多余了，随便一指把他给了我们组。我是我们组拿割刀的大力士，负责把豆棵放倒，由几个同学抱去给另外的同学摘豆荚、剥豆放入水筒。

笨鸟随着老师的那一指，就嚷嚷自己是最合适的"把刀人"。看他那神情，跟在教室里判若两人，自信得像个老农夫。我乜斜了他一眼不屑地说："比试过才知道谁更合适吧！"他也不谦让，拿起割刀就挥舞起来。

老天爷！他那一手熟练的活计，简直让所有人目瞪口呆！

不一会儿，我们组的豆棵就被放倒一大片，没一个组能赶上我们的速度，大家不得不另眼看待瘦猴般的"笨鸟"了。不用比，我就甘拜下风了。

事后，我们还知道笨鸟的野外知识简直比科学老师的还要丰富。

他知道什么土地适合种什么庄稼，到河里就晓得哪块石头下住着螃蟹，红泥鳅什么季节到滩头产卵……

原来他一直生活在农村，学期初因父母双双出了车祸，又得到一个大老板的资助，才进我们这个知名学校来的。

义务劳动节结束了，笨鸟比以前活泼了很多，我们跟他也亲近了很多。

你若要喜爱你自己的价值，你就得给世界创造价值。

——歌德

复活的姜太公

那些目睹食物被姜太公拿去的人们，个个都显得兴高采烈，有个别还是蹦跳着到我家，好像专程来我家显摆的，说姜太公如何如何小心地拿东西，姜太公的手如何如何的纤细瘦弱……每当这时，我就看见大妹把她纤细瘦弱的双手往背后藏去，仿佛她手上有什么玄机似的。

村人出远门前常跪拜姜太公，许愿说，保佑我今年挣多少多少钱，我将会拿什么什么礼品答谢。虽然许的愿不一定能兑现，人们跪拜的热情却不减。

村人不知道姜太公长什么样，就以电视剧《封神榜》里的为样品来想象、崇拜。人们也不知道姜太公家住哪里，每人就在自己心里设定一个地址，有在大路边某个石窠的，有在某株特别旺盛的树下的，还有的只是一块山坪子或是一个大路口。总之，多种多样得很，随便你在哪个旮旯玩耍，一不小心就能迈进姜太公的家里去。

我叔叔心中的姜太公家就在我们家房子左边，很简陋，一块平展的石头，背靠一丛茂盛的灌木。

每到大年三十日，吃晚饭前，叔叔都要去宴请姜太公。一壶红酒，一盘猪肉，一碗年糕，外加几样家常小菜，摆在姜太公"家"门口。烧香，燃放鞭炮，跪拜，然后开始许愿。叔叔一般都会说，保佑我明年娶上媳妇，漂亮一点的。然后他又说，保佑我明年多挣一点钱。最后说，请吃吧，多吃点，别客气。接着就沉默，仿佛在等待姜太公喝完酒、吃光东西。可是，我们瞪大了眼睛，死命看着，也不见盘碗里的东西减少。有时我们等得不耐烦了，不再对盘碗里的美食是否减少感兴趣，就纷纷说："叔叔撤了吧，姜太公肯定吃饱了，我们想吃……"叔叔就狠狠地瞪我们，嘘嘘地赶我们走。

又一个大年三十晚，叔叔准备好了祭拜用品，去拜姜太公。还是老一套做法，稍有不同的是，我们姐弟几个没再做叔叔的跟屁虫。没有小屁孩跟着，叔叔的跪拜更加虔诚，他许诺的东西比往年更多，不仅许了一窝鸡，还把奶奶养的整头肉猪也许了出去。最后，叔叔跪着，把头枕在双掌上说："我已经三十好几了，请保佑我明年遇见个称心的姑娘！"灌木丛里传来一声：哦。叔叔抬头看着灌木丛又说："请保佑我明年比今年多挣些钱，好把姑娘娶进门。"灌木丛里再次传来一个：哦。叔叔来不及收拾盘碗等就餐用具，霍然起身，拔腿就跑。

叔叔三步两步跑到家里，前言不搭后语地说"姜姜——太太太——太公活活活活了——"

惊魂稍微安定后，叔叔带领家人去了姜太公"家"，原来摆在石头上的猪肉和年糕全都不见了，只剩下红酒，一滴未少。

姜太公复活的消息在村里不胫而走。没几天，我们家左边的那块石头就被视为神物，那里变得门庭若市起来。有时我们羡慕姜太公的口福，有时又对姜太公的肚子进行猜测，每天那么多人送吃送喝的，姜太公的肚子究竟有多大呢？

令人不解的是，有些人送来的美食，一点不见少，有些人的却明显见少。那些食物没见少的主儿不放心，只怕姜太公不吃他们家东西，愿望不会实现。于是他们悄悄议论，要不咱们许愿后就躲开，看姜太公会不会吃点？

于是，人们看见了姜太公的手，小心翼翼地从灌木丛伸了出来，纤细、瘦弱得如婴儿的手。人们不敢打搅姜太公拿东西吃，就悄悄地看着，屏住呼吸地看着。直到盘里碗里的东西被拿光，人们才走过去，又说一通自己的愿望和感谢的话。

那些目睹食物被姜太公拿去的人们，个个都显得兴高采烈，有个别的还蹦跳着到我家，好像专程来我家显摆的，说姜太公如何如何小心地拿东西，姜太公的手如何如何的纤细瘦弱……每当这时，我就看见大妹把她纤细瘦弱的双手往背后藏去，仿佛她手上有什么玄机似的。

没有不可认识的东西，我们只能说还有尚未被认识的东西。

——高尔基

你是咱的太阳

三魁想在花树上寻找绑着的绳子，一根也没有，自愿得很，像娘自愿付出的爱。三魁想到一个词：寂寞如花。娘的爱就像这寂寞的向日葵花，他是娘的太阳。

三魁爹过世后，三魁娘在坟坛里种了几株向日葵，每到开花季节，娘总要带上三魁去拜爹。娘在坟前摆下一碗红酒和几样家常菜后，燃一捧香，香烟袅袅升起，娘就让三魁跪下。

随后，三魁娘也坐到三魁身边，她先是叨唠今天带了什么菜下酒，然后叨唠三魁怎么听话学习怎么好，叨着叨着声音就异样起来。三魁就问娘，你怎么啦？娘说，娘的喉咙让山风呛了。

娘让三魁起身时，拿出带来的白色塑料绳，一头绑在向日葵头顶，另一端绑到三魁爹的坟头柏树身上。原本朝向别处的向日葵脸听话地朝到了三魁爹的坟。一副乖巧的样子，很像三魁在课堂仰脸听讲的模样。

三魁娘站到坟前，望着向日葵的圆脸盘，心满意足地收拾好东西，拉上三魁回家去了。

这天，三魁在音乐课上学会一首歌：朵朵葵花向太阳。三魁回家想问娘，为什么把向日葵的脸绑住，但是没敢问。因为前次他问过，没得到答案反倒问出娘的眼泪，三魁最怕娘流泪了，娘哭了他就觉得天要塌了。

没敢问娘，三魁就跑去问了语文老师，老师说：向日葵会随着太阳升落转动花朵，大概你娘是想把葵花固定给你爹看吧。听完老师的解释，三魁一口气跑到爹的坟前，给向日葵松了绑。他想：既然向日葵是向着太阳的，就不该绑住它。

娘得知向日葵被松绑是在很多天后，她上山想给爹报信：三魁又得了满分。见被松绑的向日葵，娘忘记了报喜就愤怒地嚷嚷起来："哪个缺德鬼松了我家向日葵，我家死鬼想在地下多看几眼向日葵碍着你什么啊？"嚷嚷完了边流泪边去找绳子。三魁吓得不敢出声，幽幽地指着向日葵说："娘你看，不绑着它也朝着爹呢。"

经儿子这么一点拨，三魁娘怔住了，迅速拿手背擦了擦眼睛，望着三大朵仍旧朝向坟墓的向日葵，惊喜道：他爸，葵花朵向着你呢，你还是咱的太阳！

她随手一拉站在一旁的三魁，又说："你看见了吧？儿子这么大了，下半年就上初中了。"

叨唠完，三魁娘把儿子推一个转身，让三魁对着太阳，双手合十说感谢："太阳公公，谢谢你对我爸的好，让葵花向着他没向着你……"

多年后三魁想到那些"感谢太阳公公"的话，还是一脑子迷茫，为什么给向日葵松绑后，它还没有随着太阳转动，难道被绑坏了？或者人们对向日葵的种种说法有误？

为了寻找心中的谜底，成绩优异的三魁报考了一所农业大学。寒假上学前，三魁让娘在自家院子种些向日葵。暑假回家，三魁再次惊诧于向日葵的"不向日"。那时，在三魁的熏陶下，娘也懂得了向日葵的另一种含义：向往光明。她看着站立在葵花群前惊讶万般的三魁问："从我们这里看，你的大学在哪个方向？"三魁说："在后院方向。"

又一年暑假回家，三魁发现院子里的向日葵朵朵向着屋子后院。三魁想在花树上寻找绑着的绳子，一根也没有，自愿得很，像娘自愿付出的爱。

三魁想到一个词：寂寞如花。娘的爱就像这寂寞的向日葵花，他是娘的太阳。

母爱是多么强烈、自私、狂热地占据我们整个心灵的感情。

——邓肯

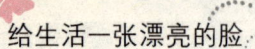

鼻子的证明

李老太卧床整整六年，去世时六兄弟又逐个用鼻子去证明妹妹的孝心，还是一如当初那样，娘身上是淡淡的茉莉花香，头上也是淡淡的茉莉花香。那是李老太从年轻守寡时起，就没断过的气味，因为那是李老爷子去世前一直深爱的气味。

全村人都说李老太有福气，六个儿子个个有出息，都是政府要员。职位最高的大儿子在省厅，职位最低的儿子在县府大院，也是局级干部。只有两个女儿嫁入寻常百姓家，按农村人"女生外向"的说法，女儿是别人家人，没出息也掩盖不住李家的好风水好光景。再说，李老太的女儿家虽然不富裕，也不贫穷。

一天，有福气的李老太突然卧床不起了，医生检查后说，得有人在身边时刻照料着才行。

六个儿子自然没空天天守护在亲娘身旁，六个媳妇工作也忙，无暇顾及老人。六兄弟一商量，只有把老人往姐妹家送了，说定每人每月出五百元钱，用作请保姆或者作为姐妹操劳的辛苦费。再说，姐妹家在农村，给一点钱让她们照顾老娘亲，兄弟们多少能讨点安心。

姐妹俩到娘身边的时候，都说一百个愿意把老人接到自己家，并且一再表示自家不忙，可以把母亲照顾好。大女儿说，儿子上大学了，家里的猪也没前几年养得多。二女儿说，儿子大了在家可以帮衬农活，自己不用再下地干活了。

由于双方争执不下，大哥发话了，就让娘暂时住大妹家一个月，然后再到小妹家住一个月，两个月后再做决定住谁家。

一个月后，大哥把兄弟召集到大妹家。来到娘的床前，他俯下身子拿自己的左脸贴娘的右脸，一分钟后，起身时又拿下颚靠娘的头顶摩挲，五秒钟。其他几个兄弟也一一照着做，有的皱眉，有的屏住呼吸。

然后，六兄弟把娘送到李老太的二女儿家。

又一个月后，兄弟们如期而至。还是那样的亲昵动作，个个脸上乐开了花，并放心地把痴呆的娘留下。

每隔一段时日，大哥就打电话给二妹说：娘在你家我们放心，你对娘好我们的鼻子证明过了，那么热的天你都没让娘身上有异味。

妹妹接话说：我每天用鼻子嗅一嗅娘的头和身体，不让异味上娘的身，娘年轻时最怕的就是脏。最热的时候，一天当中我就给娘洗两三次澡呢。

李老太卧床整整六年，去世时六兄弟又逐个用鼻子去证明妹妹的孝心，还是一如当初那样，娘身上是淡淡的茉莉花香，头上也是淡淡的茉莉花香。

那是李老太从年轻守寡时起，就没断过的气味，早年用茉莉花香皂，后来用茉莉花香的沐浴露、洗发露，因为那是李老爷子去世前一直深爱的气味。

李老爷子年轻时，家里穷买不起香皂，常摘院子里的茉莉花泡澡。娶了李老太后对她说起那些花般往事，两人笑得前俯后仰合不拢嘴，老太就此称呼他花痴，直到他病逝都未改口。

爱神奏出无声旋律，远比乐器奏出的悦耳动听。

——托·布朗

懵懂年华

夜间熄灯后，海阔天空地神聊里我听得多，但插不上嘴。有的说某某女生和某某男生谈恋爱，还有的说女生的身体和我们男生的不一样……

儿子拿回个刻录的光盘说："学校发的，老师吩咐回家做完作业再看。"见儿子说话时的语气和神情都不自在，眼神也有些躲闪，我就起了疑心：莫非拿了"少儿不宜"的片子？

"能不能与老爸一起分享啊？"我试探道。

"肯定不怎么好看，你爱看拿去看得了！"儿子的语气显得故作轻松。

儿子把片子塞到我手里，匆匆往楼上自己房间走去，他脸上掠过一丝不易觉察的失望。

片子一进光区，显示屏上就出现了"青少年性教育"等字样，我突然明白了老师的良苦用心，同时记起了自己年少时做过的那件荒唐事。

上小学四年级那年，我开始住校。学校小得不成规模，全体住校生在一个教室改装的寝室里，有小学生、初中生，共二十多号人。

夜间熄灯后，海阔天空的神聊里我听得多，但插不上嘴。有的说某某女生和某某男生谈恋爱，还有的说女生的身体和我们男生的不一样……

于是，我就有了一个念头：要看看班上成绩最好的女生琴的身体。

我把这个念头像述说一个伟大的理想般地告诉了琴，还告诉她，我的身体也给她看，两人比一比哪里不一样。不料琴却骂了我，骂得很难听，什么流氓呀下贱呀之类的词语，从她好看的樱桃小嘴里直溜溜地倒出来，呛得我喘不过气来。

之后不久，琴就不再和我同桌了。老师换给我的新同桌是一个和我一样有求知欲的男生——勇。

勇的个头比我大，年龄比我大四五岁。这在我们那一带农村很正常，我们班里的同学有好几个就和代课的数学老师同龄，十八岁。我是班级里最小的，但是自从我把心中的念想说给琴听后，女生们都说：别看大头辉年纪最小，但是他最流氓！

我本该从琴的骂声里接受教训，可是每到夜里听那些初中的男生讲述男生女生的话题，我的雄心就再次被激起，下决心一定要找机会看看女生的身体。

有一天，我把憋在心里的念想告诉了勇。

勇听了我的话，脸憋得通红，低头半天不出声，好像在思考老师出的难题。后来，我等得不耐烦转身要走开了，他却说：我们班女生不给看，你可以找一二年级的女生看嘛。那一瞬间，我回头去看勇，他的目光像躲避瘟疫般地避开。

也就是从那天开始，勇天天追问我：有没有看到女生的身体？他问我话的时候，满脸都是期待，像课堂上老师期盼我们给出正确答案一样急切。每次见我摇头，他就说"你真孬！"

勇的话像只猫爪子，挠得我心里很不舒服。

到后来，看看女生的身体，几乎成为我要向勇兑现的诺言。

机会终于来了，是在勇的大力帮助下才得来的。

那个二年级的女生，勇说是他的堂妹。他把她骗到学校后山已搬迁的墓穴里，他让我拿着糖果等在那里。我虽然害怕得不行，但是因为伟大的理想即将实现，就忍下了，但是浑身抖得厉害。

女生来的时候，我的害怕减少了许多。我颤抖着声音说：你把裤子脱掉让我看一下，好吗？你看，我给你糖果。

我拿糖果在女生眼前晃了好几下，她都低头不语。我又说，我不白看你的，如果你想看我的，我也脱了让你看。

女生还是不做声。

我的同桌没说话，开始时守在墓穴外，听到传来的预备铃声后，他进来一把扯下女生的裤子。

女生哇哇大哭起来。勇吓得赶紧逃了。留下了我和那个女生。

见女生哭成那样，我知道自己闯祸了，来不及看她的身体就赶紧帮女生穿上裤子。

女生一路骂着"大头辉耍流氓"，课也不上就跑回家去了。

女生的父母找到我班级的时候，老师决定送我回家。

其实，我是被开除了。

老实巴交的父母怎么也想不到，学习成绩一直优秀的我会做出这种丢人现眼的事。他们把我交给了远在城里做老师的姑父，让他好好教育我。

看完片子，我向着楼上喊：儿子，老爸给你讲个懵懂故事！

青春最漂亮的装饰应该是勇气。

——德雷·马克

哑娘

哑娘盯着田良快速开合的嘴巴，愣怔了一下，突然使劲锤打着自己的心脏部位，哇哇大哭起来，她一边哭一边以饿狼扑食的速度扑向垃圾场里的青菜，抓起一把青菜，使劲地吃起来。

田良推着一板车青菜，早早来到菜市场，还是没占到好位置。停好车，田良再次用目光狠狠地瞪背后两三尺开外的水泥垃圾筒，垃圾筒附近的苍蝇在狂欢，恶臭难耐。如果是个塑料的或者其他什么材料的，老子早让它滚蛋了！骂归骂，那水泥垃圾筒依旧立着，像一位严守岗位的士兵，岿然不动。

田良看见三三两两的客人，扯开嗓门吆喝了起来：农家青菜，环保农家青菜，无污染青菜——

几个客人在吆喝声中拢过来，看着绿油油的大青菜，人人选了一大袋子。他们还问了田良几个问题：家住哪里？下没下化肥农药？田良一脸诚恳，边拿秤杆边对问题一一作答："我家住东山头。种菜从来不用化肥农药，肥料全在猪圈羊圈牛圈里……"

没过多久，田良和他的板车几乎被客人包围了。人们几乎是抢夺着往各自的袋子里装菜，田良古铜色的脸盘几乎乐成了一朵太阳花。

也有唱反调的顾客，说长这么周全的青菜八成是打了农药的吧。接着就有人说，这么热的天，又很久没下雨了，如果打了农药可吃不得……田良一听，拍响自己的胸脯说，兄弟姐妹们呀，我哪有那个冤枉钱买农药呀，还不如买身像样的衣服穿穿呢。

人们这时才把目光集中到田良的穿着上，见那身旧得不成样的衣裤，警惕性也就跑进了附近的垃圾筒。

突然，一个异常高挑的妇女把已经称好的菜狠狠一扔，说："这菜我不要了。"在这妇女的带领下，又有几个人跟着扔菜、出了圈子，几乎同时发现了垃圾筒背后的老人。只见老人一手提着几个甲胺磷、氧化乐果瓶子，一手使劲挥舞着，一手狠狠地戳向田良的板车。人们似乎明白了什么，渐渐散开。一车青菜在阳光下闪着绿油油的光芒，很刺眼。

田良不知道为什么即将到手的生意突然就没了盼头，在人们指指点点的手势和零零碎碎的言语中，田良也把头转向背后的垃圾筒，但没发现什么异常。

人们为什么对着垃圾筒指指点点呢？一定是垃圾筒太臭的缘故。田良这样推测着，对垃圾筒的恨又深了一层。

接下来的时间，田良几乎没卖出去一株青菜。有的顾客没等青菜过秤就走了，有的则付了钱又要退菜。半天时间就这样白白过去了，原本油光贼亮的青菜到了中午时分已经蔫蔫耷耷，没一点精神头。

无奈之下，田良只好把青菜往家里推。推着走了几步，他把车掉了个头，拉着。他不想像早上来的时候那样对着满车的青菜看，烦。看不见青菜，他还是像板车里青菜一样，提不起神来。经过一个大垃圾场时，田良突然一转身，把车旋转九十度，狠狠地将车把手往天空一顶，车子被推了个趔趄，往垃圾堆直扑而去，一整车的青菜跟垃圾抱成一团。

没等田良把车重新架好，背后就传来了哇哇啦啦的喊声，是哑娘。田良扫兴地问："你怎么又到镇上来了？每次你来我的菜就不好卖！"

看着哑娘手上的甲胺磷和氧化乐果瓶子，田良没好气地问："你老拿这些破瓶子做什么啊？别人以为我虐待你，你要寻死路呢！"

哑娘不顾田良的责备，指着被倒的青菜，又学着猪吃食的模样哇啦了一阵。田良知道娘是要他把青菜拉回家给猪吃，他不耐烦地抖抖车绳说："刚打了农药的青菜怎么能给猪吃啊！"

哑娘盯着田良快速开合的嘴巴，愣怔了一下，突然使劲锤打着自己的

心脏部位，哇哇大哭起来，她一边哭一边以饿狼扑食的速度扑向垃圾场里的青菜，抓起一把青菜，使劲地吃起来。

　　田良见状被吓住了，赶紧夺下哑娘手里的青菜，手忙脚乱地比画着向娘解释："再也不卖刚打过农药的青菜了，再也不卖了……"

>>>
母爱是一种巨大的火焰。
——罗曼·罗兰

四十六根绳子

那天下午放学后，全班四十六人，四十六根绳子，来到罗阳家。此刻的绳子，不分麻绳、稻草绳还是塑料绳，一律安静待命。我们要让四十六根绳子牵正罗阳家的房子，不让它再斜着或者倒下。

台风过后，罗阳家的木头房子又斜了许多，看上去像个歪头歪脑的愣小子，在侧脸往我们学校方向看。我们班上的"文学家"杨文说，如果赋予它生命，再送它一双脚，它一定能闯进我们的课堂，跟大家一起摇头晃脑地读书，成为像罗阳一样的"三好学生"了。

罗阳的父亲外出做木工，一两个月内回不了家，我们都劝罗阳别再住自己家了，随便到我们哪位同学家住都行。好几个同学都把胸脯拍得咚咚响，保证让罗阳分享自己的床铺。偏偏罗阳这家伙自尊心特强，说什么也不肯麻烦别人，每天一放学，还是走向他那摇摇欲坠的木头房子，吃、喝、拉、撒、写作业……罗阳在本村没什么亲人，娘又走得早，父亲不在家时，他只能自己照顾自己。

于是，我们全班同学就想法子。有的说，找人带信给罗阳的爸爸，让他快点回家，罗阳拿房子没办法他爸爸总该有吧。有的说，找村长解决问题，给罗阳重新盖座房子，可是村长也说没办法。

这天早上，广播操过后的课间，看见俩女同学拿一根长绳在甩啊甩，一溜儿男女生往绳子甩出的空当里跳啊跳，杨文突然大喊一声：有了！就

急急忙忙朝甩绳子的女同学跑去，右手一扬一劈，抢过那绳子。在众女生的骂声中，他把一段绳子踩在脚底下用力往上拉、扯，一下，两下、三下……

调皮大王三魁也在跳绳的人群里，他见状先是莫名其妙地看着杨文扯绳子，看他那拼命的劲，就忍不住喊道：这绳子又没惹你，你怎么跟它杠上啦？还不快还给我们！

随着三魁的手一挥，女生们不约而同地嚷嚷着，奔向杨文。杨文像一朵鲜花，被一群蜜蜂给盯上了，脱身不得。

杨文想要收起绳子，却被包围得水泄不通，就急了，一跺脚，大声地喊道：罗阳有用！

这句话还真管用，大家立即停住，不再推搡抢夺。杨文直起身，一头汗水地往教室跑，上课铃声紧追着他的脚步，叮铃铃叮铃铃地响起来。

整节课，杨文的心思都在罗阳家房子后的大松树上，其他人的心思却在杨文和他的同桌罗阳身上。

接下来的课间，杨文把绳子的用途一说，大伙的思绪一股脑儿全往罗阳家跑去，停歇在罗阳家倾斜的房子和后山那棵大松树上。

那天下午放学后，全班四十六人，四十六根绳子，来到罗阳家。此刻的绳子，不分麻绳、稻草绳还是塑料绳，一律安静待命。我们要让四十六根绳子牵正罗阳家的房子，不让它再斜着或者倒下。我们要把房子牵正，再绑到松树上。

我们把绳子绑到罗阳家房子的一根柱子上，然后站在后山的松树下，在体育委员三魁的一声令下，一齐往后拉。

一、二、三！

我们使出了往日拔河比赛的力气。

噼里啪啦……

瓦片不断往下掉。三魁大喊：停！

我们一齐松手。

轰隆——

罗阳家的房子顿时往前趴去，像个蹒跚学步的孩子，突然没了牵引，狠狠地摔倒在地。随即，一股青烟往天空冲去，罗阳哇哇大哭起来。

我们除了陪罗阳坐在地上，还能做些什么呢？

三天后，罗阳的爸爸回来了，他不但没责怪我们拉坏他家的房子，还对我们说了一连串的谢谢，他对我们班主任说，那四十六根绳子真是救命绳。

友谊是一棵可以庇荫的树。

——柯尔律治

小陶老师

原来小陶老师有个外号叫"九个半"，他的左手食指只有半截，那是他遭狗咬截肢后同学们给他取的。小陶老师说，映雪只要把那个多余的手指借给他，他们俩都完美无缺了。

在那个高呼毛主席万岁的年代里，小陶老师刚从工农兵大学毕业出来。

小陶老师没有从工农兵大学带多少学问回来，站到讲台上面对几十号山娃山仔，就有点心慌。有点心慌的小陶老师，给学生解答题目经常出错。

"小陶老师……"小陶老师初上讲台给初三的学生讲课时，经常听到这种众口一词的呼声。呼声还没有停下，小陶老师就慌慌张张地把黑板上的板书擦掉。因为呼喊声的下文都是："你又做错了！"

初上讲台的小陶老师尝尽了尴尬，出尽了洋相。

一个学年终于过完了，小陶老师要求教初一，并且主动担当一个班的班主任。教初一的小陶老师还是会经常出错。但小陶老师听到呼声时心里不再像以往那样慌张，他转身面对学生，问："哪一步出错了？"就请一位学生上讲台改正。小陶老师再问："现在对了没有？"有时候还要另请人改正，有时候集体回答："对了。"小陶老师就说："记好没？考试时可别犯错！"

班上有个学生很内向，从来不和别人说话。同学背地里提起她时都说，那个十一指怎么怎么样，好像她从来就没有名字。

小陶老师注意到了"十一指"。

小陶老师上课多次让十一指回答问题，但是十一指的表现从没让小陶老师满意过：不论哪次被提问，十一指的答案一概是低着头沉默。

十一指的同村同学说，她从九岁开始就没讲过话。那时候班级里有个男生和十一指玩剪刀石头布的游戏，一直赢不了十一指。男生要十一指改用左手玩游戏，十一指坚决不肯。突然男生拽着她的左手高高举在全班人面前，喊："快看十一指！"

之后，十一指就再也不开口说话，在家里也一样沉默。父亲为了让她开口曾经用藤条打她，可她就是不出声，哪怕是一声"哎哟"或者"啊"。语文老师让她朗读课文，她就用眼泪的流淌来完成。

人人都说，这姑娘好端端的怎么就哑巴了呢！渐渐地人们忘记了她有个很好听的名字"白映雪"，也没人这样喊过她，就知道她是十一指。

小陶老师有神力，竟然让十一指在他的课上抬起头来。有一次还让她面对黑板上的错板书说出一个字来，"错"。虽然声音柔弱得像游丝，但是已经足够让全班人惊讶不已了。

后来，人们发现十一指再也不把她的左手藏着掖着。再后来十一指的脸上偶尔也有微笑，她看别人的眼神不再躲闪游移。

又过了一个学期，十一指会在众人面前说话了。十一指的同桌告诉大家，小陶老师和十一指之间有个秘密，是个完美无缺的秘密。

原来小陶老师有个外号叫"九个半"，他的左手食指只有半截，那是他遭狗咬截肢后同学们给他取的。小陶老师说，映雪只要把那个多余的手指借给他，他们俩都完美无缺了。

在毕业典礼上，小陶老师叫全班同学说说今后的打算，映雪讲得很生动，她说她要做一个心灵上完美无缺的人，像小陶老师。

在毕业典礼上小陶老师说得很谦虚，他说他有大专文凭、没有大专水平。小陶老师说他被保送进大学差点没能毕业，毕业试卷上的题目他几乎都做不来。他想来想去想到一句口号"毛主席万岁"，并在所有的空白题写上这个答案。所以他以满分的优异成绩毕业了，因为谁也不敢给那个口号打个叉叉。

最后，小陶老师望着学生深情地说："你们要记住，现实生活里谁也无法投机取巧。三年前我做的毕业考试数学试卷不到六十分，今年的毕业考试数学试卷我做了个满分。"

教室里响起了热烈的掌声，是映雪高举她的双手首先鼓的掌。

采得百花成蜜后，为谁辛苦为谁甜。

——罗隐

家家都有奥数王

考场外，家长们焦急地等待着子女，悄悄交谈着孩子的话题，小鹏程的父母也融入了这场交谈中。不谈不知道，一谈吓一跳，原来，每个送来考试的孩子都是县里响当当的奥数王啊！

　　再过几个月小鹏程就小学毕业了，他学了五年半的奥数，到这个关键时刻倒找不着辅导老师了，你说急不急人。都怪教育局的领导脑壳发热，突然发起神经下达红头文件：不许举办一切辅导班，否则严惩不贷。父母这样怨恨教育局的时候，小鹏程和他的同学们正兴高采烈地谈论：终于不要学奥数喽，周末去哪里玩玩？

　　迫于形势，老师们谁也不敢跨越雷池半步。

　　为了儿子能考上个好中学、好班级，小鹏程的父母到处寻找奥数辅导老师。功夫不负有心人，他们终于找着个带点亲戚关系的奥数辅导老师。老师说，局里禁止办辅导班了。小鹏程的父母就说，你又没有带辅导班，你是在给你自己的小表侄辅导，谁敢说那样做不行，谁还没个三亲六故？渐渐地，小鹏程的奥数老师家里聚集了三十多个奥数生，有的喊他叔，有的喊他哥，有的喊他爷或者带表字的叔、哥、爷，反正没有一个人喊他"老师"。

　　于是，小鹏程延续着他的奥数生涯。

　　三个多月后，各个有名气的中学都开始了尖子班入学考试报名工作。小鹏程的父母给他报了六所中学的尖子班，说是"先占有再挑选"绝对

没错。

转眼间，考试的时间到了。小鹏程跟随父母考了一个又一个学校，全是奥数班。因为每个学校都拿奥数班做重点之中的重点班，不仅配备最有名望的任课老师，还在教学设施等其他方面优先照顾。

小鹏程参加考试的最后一个学校是全地区最有名气的，也是最难进的学校。只要考试成绩不过关，哪怕你出一百万也别想送进去读书。

小鹏程和县里最拔尖的十来个同学都来参加考试了，即将走进考场时，父母对他说："你是咱们县的奥数尖子，别担心，肯定会考过关的！"小鹏程觉得父母的话没错，以前他哪次参加县里的奥数竞赛，没能捧回奖状呢？但是走进考场，小鹏程一阵内急，突然感觉有点头晕。

考场外，家长们焦急地等待着子女，悄悄交谈着孩子的话题，小鹏程的父母也融入了这场交谈中。不谈不知道，一谈吓一跳，原来，每个送来考试的孩子都是县里响当当的奥数王啊！小鹏程的父母顿时感觉身子里有股寒流走过，从头到脚有了冷意。

从卫生间回到考场的小鹏程，看着试卷上很多陌生的题型无从下笔，他想起父母"你一定行"的话，无故地气愤起来。他说不清自己是生父母的气，还是生奥数辅导老师的气，也或者是生这个千万父母日思夜想的学校的气。小鹏程抬头看看四周，一片沙沙沙的答卷声。他一慌张，笔尖划破了试卷，看着裂开一道口子的试卷，小鹏程突然间做出一个惊人的举动：他霍地一下从座位上站起来。准备走出考场时，小鹏程"嘶嘶嘶"几下把试卷扯成了纸条儿，扔出窗外。那些纸条儿随风飘啊飘，从四楼飘向地面的同时，考场内又响起了连绵不断的"嘶嘶"声……

你想成为幸福的人吗？但愿你首先学会吃得起苦。

——屠格涅夫

昂唉昂唉黄刺鱼

光阴流逝，如今与当年给黄刺鱼打电话的快乐时光相隔已十多年了，每当念及苏东坡的《惠崇春江晓景》，那股淡淡的鱼鲜味就盘桓到我的口腔，叫人倍感留恋。

农历二、三月天气渐渐转暖时，竹笋在春风吹拂下破土、拔节、长高，桃花、李花、油菜花竞相攀比斗艳。每当这个时节，苏东坡的诗句就会在我的心田生根发芽："竹外桃花三两枝，春江水暖鸭先知。蒌蒿满地芦芽短，正是河豚欲上时。"在我们家乡，极少有人敢品尝河豚的美味，但是小溪、小河里的美味以及它们带给大家的乐趣，却不会像河豚的美味那般令人望而生畏。尤其是，油桐开花时。

家乡人把油桐叫作"桐籽"，俚语中有"桐籽开花、鲶鱼上叉"之说，意思是桐籽开花鲶鱼就上市了。只要是雨过天晴的日子，街市上就有鲜活的鲶鱼，有钓的，有网的，偶尔也有放"倒稍"（形状如鱼笱）捕捉的。你看那鲶鱼，满身的灰黑，扁着个大宽嘴巴，似有满肚子的委屈要说。你若伸手要摸它的短胡须，它将大头一歪，尾巴一甩，滑向一边去，似乎在生你的气哩。与鲶鱼一同上市的还有黄刺鱼，样子和鲶鱼相似，通身暗黄。它身体两侧的鳃帮边上以及背脊上各长一根锐刺，锐刺被牢牢掐住时它就发出轻微的"昂唉昂唉"声，这也许就是苏北地区的人们称呼它为"昂唉鱼"的原因吧。

　　说起黄刺鱼，在我记忆里乐趣比口福多。那是一段充满激情的青春岁月，十多位刚刚走出大学校园走上工作岗位的小伙子和大姑娘们，共处一个生活贫乏的小镇子，当着孩子王。春夏时节，业余时间里我们最爱往小溪里跑，有时男男女女各人拿着根钓鱼竿，选择一个水浅、流缓的溪滩，垂钓。那种情况下上钩的都不是黄刺鱼，是一种不足两指宽的小鱼，我们称它为溪白鱼，它们喜欢成群结队在浅水滩里嬉戏。我曾经钓上过一条溪白鱼，它并没有吞吃鱼食，钩子从它的尾部刺进去。也许是鱼儿正在嬉闹，一不小心撞上了鱼钩子。如果不是亲眼看见，没人相信这是真的。这种顾自的垂钓，乐趣自在各人心中，且因人而异。需要合作又能滋生更大乐趣的是捉黄刺鱼。一伙人提一部废弃的手摇电话机、一两只水桶、几柄网兜，沿着小溪顺流而下或者逆流而上，"给黄刺鱼打电话"。我们往往选一个溪石多、杂、大，水稍深的潭，把电话线往大石边深水里一扔，像拨打电话一样连续不断地摇动电话机扶手，也就一两分钟光景，水里的黄刺鱼就沉不住气，开始往水面上蹿。有时是零星地游上来，像探兵来打听敌情；有时是天花乱坠般四处逃窜，简直叫人怀疑它们是不是正在开会突然遭到敌人袭击。这时，只要伸出网兜朝鱼游动的方向下手，就能抓住它们，可以说是不费吹灰之力。但是如果动作慢了，它已经下沉，就别想再捉住它，它们宁愿烂死水底也不会再上来。

　　记得有一次，我看着四处逃窜的黄刺鱼，兴奋得哇哇直喊："那条大""这边多""快点抓"……竟然忘记了使用自己手上的网兜。同事一急，赶忙抢走了我手中的网兜，我才发觉自己的失态，连忙掀下头上麦秆编制的斗笠充当渔具，竟也抓了好几条。那天下午短短三个小时里，我们一共抓了十二斤黄刺鱼。清蒸、红烧、油焖黄刺鱼各种味道都尝了个够，之后，我们很久没再给黄刺鱼打电话，说是要让它们好好休养生息。

　　几味不同方法烹制的黄刺鱼中，最受众人欢迎的要属红酒白糖清蒸的那类。烹制方法也最简单，把鱼洗净入锅，以红酒代水烧煮，放几片生姜去腥，沸后再以文火慢煮几分钟，加些白糖就可食用。那鱼肉细腻、不腥、鲜中带点甜，真是地道的山村美食了。据当地的郎中分析，该美食营养价值也不低，有养颜补血暖胃等功效。

　　光阴流逝，如今与当年给黄刺鱼打电话的快乐时光相隔已十多年了，每当念及苏东坡的《惠崇春江晓景》，那股淡淡的鱼鲜味就盘桓到我的口腔，叫人倍感留恋。

赞美童年吧，它在我们尘世的艰难中带来了天堂的美妙。

　　　　　　　　　　　　　　　　　　——阿米尔

虫子

马蜂群疯狂出击、四处搜寻敌人，大伙立即匍匐在地。不知过了多久，人们渐渐抬头，蜂窝已被烧下来一大半，美味到手了。

　　如果你生活在乡村，就一定知道哪些虫子能吃，哪些虫子好吃，哪些虫子味道一般般。据我所知，第一好吃的虫子要属蜂蛹，第二好吃的是松树蛀虫，竹蟹的味道则很一般。

　　小时候能经常吃到细腰黄蜂蛹，那时乡村人煮饭做菜都烧柴火，不管大人小孩都得上山砍柴，在山上遇见蜂窝就成了常事。遇见蜂，我们虽然害怕，但是只要自我保护方法得当，那就不是一件坏事。首先，当你听见嗡嗡作响的蜂们涌现时，就得立即匍匐在地不动，得装邱少云，否则蜂们准找你下嘴，谁让你动了它的老巢呢。有时，动作稍微慢点儿，身上就会被蜂叮，那种又痒又痛的感觉真要命！如果一不凑巧叮在脸上、嘴上，就成猪八戒的兄弟姐妹了。尽管有这样那样的危险潜伏在山林里，我们也不得不打柴、不得不时常遇上那种我们不喜欢周旋的细腰黄蜂，当然，我们吃蜂蛹的机会也就多了。趴着不动等待蜂们全部离开它们的老巢，就可以动手摘了那巢带回家，挑出其中白嫩嫩的蜂蛹，放在拨炭取火用的铁掌子上，再放一点点猪油，然后放火里烤，不一会儿香气就荡漾开来，简直能香透人的五脏六腑。

　　听大人们说，在砍倒的松树树身里窸窣作响的白虫子和一种竹子身上被称作"竹蟹"的甲虫也很好吃，我们就常常想办法去捉它们。要锯开一根松树并不简单，大人们又没那个闲工夫帮忙解决问题，我们就不常吃松树蛀虫，只能常去捉竹蟹。但是竹蟹的味道跟蜂蛹的相差甚远，简直无法可比。于是，大家都默默地期待着能来一场蜂蛹大餐。

机会难得，但还是来了。在我们村东一悬崖峭壁上挂着一个大马蜂窝，层层叠叠大概有十来盘。村人早就对它垂涎，但是无奈它高高悬挂，又一时缺少好计谋，只能干瞪眼，谁也不敢轻易捅马蜂窝。终于村里有个好事后生想出个绝妙的计谋，把两根长长的毛竹竿连接在一起，几个人举着竹竿就能够着马蜂窝。计谋已定，村人群体出动。记得那场面简直壮观，几个后生头戴斗笠、身披厚厚的外衣，全身只有眼睛裸露，活像卡通人。他们抬着竹竿前进，一群男女远远地跟随其后观战。只见竹竿尾端的火把熊熊燃起，竿子慢慢上举，观战人群中有人一声大喊：趴下！马蜂群疯狂出击、四处搜寻敌人，大伙立即匍匐在地。不知过了多久，人们渐渐抬头，蜂窝已被烧下来一大半，美味到手了。

之前，我们吃过无数次的蜂蛹都是在铁掌子上烤的，这回因蜂蛹多可以上锅烤。下了一圈又一圈的猪油，一条条白色、黄色（差不多成虫）的蜂蛹下到锅里，我们的眼睛都看直了，等到锅中吱吱作响，香气就弥漫了整个屋子。虽然那回人多我没吃到几条蜂蛹，但是那香甜，却叫人回味终生。

喷泉的高度不会超过它的源头，一个人的事业也是这样，他的成就绝不会超过自己的信念。

——林肯

肉饭

那时的乡村，虽然几乎家家户户养着猪，但是不能天天见到卖猪肉的担子。于是，在母亲许诺奖励我吃肉饭之后的那些日子，我天天盼望着哪家人的猪震天地吼叫，那就有希望当天吃上肉饭了。

　　小时候，每日三餐最盼望的就是能吃上白米饭，那时能吃白米饭就是天大的口福了，更别说吃肉饭。只要白米饭一上餐桌，我们肚子里的馋虫就开始不停地分泌唾液，根本不用菜，馋虫就能把白米饭引诱着进了口腔、喉咙、胃里，一路行走下去。那么，肉饭是什么滋味呢？我至今说不清楚，只记得它香得不得了，令人兴奋得不得了。

　　记得那是我读小学一年级时，因为期末考试得了双百分，名扬全公社各乡村学校，还得了大红花和钢笔作奖品，母亲决定好好鼓励一下我的读书热情，说："奖你吃肉饭。"这个奖励比钢笔、大红花什么的更具有吸引力，我当即高高地蹦跳起来，高呼一声"毛主席万岁！"好像不是母亲奖赏有方，而是毛主席他老人家要奖赏我吃肉饭。

　　那时的乡村，虽然几乎家家户户养着猪，但是不能天天见到卖猪肉的担子。于是，在母亲许诺奖励我吃肉饭之后的那些日子，我天天盼望着哪家人的猪震天地吼叫，那就有希望当天吃上肉饭了。

　　眼巴巴地盼了多许天，就是没见谁家杀猪。就在我的热切期望慢慢减弱时，村里来了一个卖猪肉的外乡人。我飞奔着把好消息告诉了母亲，她拿出两角钱给我。我拿上两角钱急急忙忙地奔向卖肉的外乡人。我想，当时的我一定像极了一只飞向幸福的小鸟，内心里在不停地欢呼歌唱。

　　站到卖肉的担子前，我兴奋地把两毛钱递了过去，底气十足地说："买猪肉！"卖肉的师傅没笑话我这架势，倒是边上看着的人笑了，说："怎么就买两毛钱的啊？"师傅接着提议："要不凑个三毛三买半斤？"我才隐约有了羞涩感，正不知道怎么办才好，母亲及时出现了。她说："考了双百分，奖囡吃一餐肉饭！"于是，边上的人又嚷嚷起来。大家都说，假如我家孩子得双百分，就奖励她吃几天肉饭！结果弄得我母亲不好意思极了，拎了一小片猪肉赶紧回家去了。

　　做午饭的间隙里，我寸步不离灶边，自觉给母亲打下手，为的是早点闻到猪肉饭的香味。只见母亲把猪肉切好下锅，熬出油水再放相当的清水，下米煮到开，用文火慢烧慢煮直到饭香飘荡开来，再掩火沉淀水分、等待上桌。

　　中午饭桌上，我们端着喷香的肉饭，个个像饿死鬼转世样大吃起来，母亲则端着一碗地瓜丝饭，静静地看着狼吞虎咽的我们，说："这次的肉饭是你姐姐争取的，本来没你们的份，下次你们都考双百分，我们吃一整天肉饭！"话分明是对没得双百分的弟弟们说的，但是对我也一样起到激励作用。

　　光阴流逝，几乎是转眼间几年就过去了，随着生活条件的飞速提高，如今谁还在乎吃一顿猪肉饭？猪肉饭似乎彻底失去了往日的吸引力，哪怕是乡村人家也不屑对它垂涎。但是，在我的记忆里，猪肉饭依旧是今生得到的"最佳奖赏"。

儿童的天真和老人的理智是两个季节所结的果实。

——布莱尔

豆酱肉悲喜剧

好不容易熬到天亮，人已筋疲力尽，豆酱肉带来的喜悦彻底成为悲剧，哪还敢继续吃。

上初中的时候，我在离家二十里外的泰五中就读，每周日挑着够吃六天的粮食和菜肴翻山越岭、挥汗如雨地前行，周六背着空空的粮食袋子和菜罐子高高兴兴地回家。那时的粮食已经基本上都是白米，但菜肴还是老一套：咸菜腌笋、豆酱、豆腐乳或炒豆子、炒麦子等，多数时候菜中难得见油星子，若是加了点猪肉，就是稀罕的佳肴了。

记得有一回即将期中考试，母亲给我的豆酱里加了猪肉。临走前特别吩咐：这是考前奖赏，你要好好读书，考得好再奖一次加肉的菜。一路上，我的心里甭提有多满足，时刻想把自己的喜悦与路上的伙伴们分享，因为大家的菜罐子里都难得见几回猪肉啊。

走进学校所在的村庄，要经过一条直且陡的山岭，称百步岭。每次到那里，我们都要开玩笑说："走在最后面的，小心点啊！你若是滚下来我们前边的人都成皮球了……"说归说，我们成为皮球的事到底还是没发生过，因为大家都特别小心。但是，百步岭却经常接收我们的菜罐子、各色菜肴，包括我的豆酱肉。记得当时我已经非常谨慎，可还是一不小心滑了一下，一屁股坐到了石阶上，后背上的玻璃罐子就那么随身一蹲，撞在高一级的石阶上，裂为两半，豆酱肉的汤水随即流了出来。那时还没用上塑料袋，我们的菜罐子都装在一个自己织成的网兜里，网眼没能兜住豆酱肉的汁水，却能兜住大部分猪肉。

伤心过后，我庆幸自己没有彻底失去品味佳肴的机会，一到寝室就把所剩不多的豆酱和肉倒进碗里保存起来，只等开饭时间快快到来。自然，那个星期天的晚饭我就吃得特别香了，还吃出满心窝的自豪感，因为同寝室十几个人中，只有两个人的菜里有肉，我是其中之一，而且那豆酱肉上还附着些许白色物，那是猪油，拿筷子蘸一点儿到嘴里，丝丝甜意就在舌尖荡漾开了，简直美不可言。没拿猪油下过饭的人一定不知道它的美味，但是在那缺乏油星子滋润的年代，猪油的美味比猪肉更难能可贵，这也是如今物质生活条件优裕的人们无法想象的事情了。

都说物极必反，我在赚足自豪感的当天夜里，腹部就开始一阵阵难受，时刻准备着往厕所跑，已进入消化道的豆酱肉开始折磨我了！好不容易熬到天亮，人已筋疲力尽，豆酱肉带来的喜悦彻底成为悲剧，哪还敢继续吃。后来，每餐饭前我都拿豆酱肉到班主任老师的厨房，给老师带去的诸多不便至今历历在目，我也因此不再带肉类菜肴，直到后来父母随着我的升学，租住到学校附近谋生，我的求学生涯才算是饮食无忧了。

没有人再揭发，没有人再说苛酷的真话！

——别林斯基

泥鳅

其实，生活中很多境况也像爸爸当年捉泥鳅，为了某种虚名而追逐不该追逐的东西，往往得不偿失。

提起泗溪的泥鳅汤，我们县没有人不知道的，它几乎跟那里的姐妹廊桥一样出名。人们都说，那里的廊桥养眼，泥鳅汤养胃。其实，不仅泗溪的泥鳅汤味美，我们自己做的也不差。做泥鳅汤主要的原料是泥鳅和土豆，把土豆刨成丝加水煮烂，把泥鳅放酒等佐料焖熟，再把二者合二为一，加入少量的面碎、粉干碎、干菜、酒糟、红酥辅助材料，文火煮几分钟，美味可口的泥鳅汤就可出锅了。一般的家庭"煮妇"都能做这道美味的菜肴。

煮泥鳅汤少不了捉泥鳅，小时候我们常常结伴去田里捉泥鳅，如果天气炎热，我们往往采取"浑水摸鱼法"：把水田分割成几个区域，把区域里的水分流出去大部分，只留薄薄的一层水面，就开始搅动，快速地不停地拿双脚在水里踩来踩去，直到把整个区域搅成泥浆，才可以歇下来。这时得眼疾手快，哪个地方冒一下条状的泡泡，伸手一捉准是一条晕乎乎的泥鳅。那时的泥鳅已经被搅得很傻，只要我们不用力捏拿，它就会乖乖地躺着，大概是以为到了某个安全的港湾吧。到了天气凉爽的深秋，我们捉泥鳅的法子也随之改变，采用"挖洞追踪法"。那时的稻田基本干涸，我们穿着鞋子走进去寻找圆形小洞，拿小树枝轻挑开口子，跟随着洞的走向，追踪到底，就可以追到泥鳅的老巢，只要洞还在就能捉到一条，有时甚至可以捉到大大小小的一窝子，这时我们常常开玩笑：大概是捉了它们的祖孙三代了。

很多时候捉泥鳅没那么走运，老半天捉不住一条的时候也多。比如有一回，爸爸和叔叔们一起去捉泥鳅，叔叔捉了一篓子，爸爸还没捉住几条。在往回家走的路上，叔叔看见田里有一条水蛇，就跟爸爸说："你去捉住那条水蛇，我把整篓子的泥鳅都说成是你捉来的！"大概是出于好胜，爸爸不甘示弱了，区区一条水蛇，难道还怕它不成？于是挽了裤脚下到田里，不料那蛇也不是好惹的货色，周旋一阵子后，爸爸不仅没捉住蛇反而被它咬了一口。幸好水蛇无毒，咬一口也就疼一阵，疼过也就忘记那一肚子的窝囊火了，不过爸爸为此留下的话柄，却让叔叔取笑到现在，每次家人团聚坐在一起喝泥鳅汤时，叔叔总要讲起爸爸与泥鳅有关的丑闻：捉不到蛇反被咬一口，得不到泥鳅照样少不了喝泥鳅汤，何苦呢！

其实，生活中很多境况也像爸爸当年捉泥鳅，为了某种虚名而追逐不该追逐的东西，往往得不偿失。

世界并不是牢房，而是一所虚无的儿童乐园，里面有千百万懵懵懂懂的孩子用积木错误地摆着上帝的名字。

——埃·阿·鲁宾逊

二哥的花生种

同时，在伯母家，我的二哥也在偷偷流泪，因为那是他今年所种的所有花生经过洪水洗礼后，仅存的一点儿。

又到了种植花生的时节，就又想起许地山先生的文章《落花生》以及落花生的高贵品质：对人有用。同时，在我脑海里涌现的还有二哥那寥寥无几的花生种。

二哥是我的堂哥，伯父的二儿子。当年二哥种植花生的时候，我们都没读过许先生的文章，也不知道落花生还有"不求虚名、默默奉献"等优秀品质，但我们知道它好吃，不管生吃、煮着吃还是炒着吃，我们都喜欢。二哥种的花生不多，因为他说自己没有太多种子，就不能多种。用来种花生的地是一小块靠近溪流的沙地，听伯父说那地派不上好用场，就给了二哥种花生。

二哥扛着锄头，挑着畚箕，畚箕里装着草木灰，口袋里装着他的希望，就去种花生了，我们堂兄弟堂姐妹五六个，还有邻居的几个孩子，欢天喜地地跟着去。二哥走在队伍的前头，像个领袖。看着二哥翻土、下草木灰，小心翼翼地把种子下进坑里，我们满脸羡慕，巴不得花生种子能快速地发芽成长或者穿越时空直接进入秋季，二哥就能轻轻地一拔，带出花生果子，逐一分给我们解馋。但是没过多久，等到种子长成叶芽儿再长到毛茸茸的绿叶片时，我们的耐心早已去了爪哇国，也就不知道它们什么时候托着淡淡的黄花、什么时候不顾风吹日晒地结了果，更不知道它们如何经历过小溪里的洪水洗礼，还毅然紧紧抓着那片沙地。

二哥什么时候收了花生，我们一批兄弟姐妹中谁也不知道，也不知道他收了多少花生。只听伯母说二哥真能打算，把来年的花生种也留好了，就晒在大厅楼上。大厅的楼上还没安楼板，二哥用一块长条木板晾晒花生种。我站在二哥的花生种正下方思考多时，终于想出了一个绝妙的法子。趁家人不在，我喊来大弟，端来两张长凳子，在门前门后各放置一张，固定好大门的位置，就顺着大门爬上了二哥晒花生种的长条木板。

站在木板上，我按捺不住兴奋的心情，和花生种面对面说起话来："花生种啊花生种，不是我要吃你，实在是你不该这么偷偷摸摸地躺在这里……"说着就"劈啪"一声剥开一个，脚底下弟弟在低声喊："快扔点给我！"又一声劈啪，又一颗花生种在我嘴里生香。弟弟生气地把嗓门放大，我赶紧给他扔了几个。不知不觉中，我们把本就不多的花生种吃了个精光。这时，我才慌了神，边往地上滑边问弟弟："都吃光了，怎么办？"弟弟也一惊说："怎么就这么一点儿啊！"

尽管我和弟弟约定不把偷吃花生种的秘密说出去，家里人还是一猜就猜到了我，因为兄弟姐妹几个中就我善爬高也贪吃。当偷吃的证据确凿，我在事实面前供认不讳时，妈妈操起平时赶鸡鸭的竹枝在我身上好一阵乱打。同时，在伯母家，我的二哥也在偷偷流泪，因为那是他今年所种的所有花生经过洪水洗礼后，仅存的一点儿。

儿童是进入天堂的钥匙。
——美理·斯托达德

他爸爸很爱唱歌，唱的歌又很难听，人们有时也会拿小小年纪的他开玩笑，所以他从上学起，就发誓永远不唱歌。

请你唱支歌

蜜

那被蜜蜂叮成猪八戒的小子却幽幽地说：蜜蜂叮了我，它自己也死了。我们听后都怔住了。

你吃过山上的野花吗？熟吃还是生吃？能熟吃的野花种类繁多，有煮汤的、炒着吃的、煎饼吃的等。但是，记忆中可以生吃的野花却不多，除了春季里缀满山冈山凹的红杜鹃，就只有秋末冬初才开放的油茶花了。严格地说，我们也不是真吃油茶花，只是摘花饮露。

每年秋冬时节番薯成熟了，大人们忙着开挖、收番薯藤、洗番薯粉、刨番薯丝晒干，我们一群群小屁孩也忙得不可开交，漫山遍野地找吃的、喝的。吃的有山馒头、牛眼睛、石林籽等，诸多山果中我们只知道山馒头的学名，叫乌饭，其他的都只知俗名，是我们根据果实的外观特点等命名的。通常情况下，我们装了满口袋的山果或者抱了满怀的果树枝，乌黑的一张张小嘴巴，就渴望喝点什么了，于是要满山冈地找喝的。大家不喜欢喝那无味的山泉，都爱喝茶花蜜。茶花蜜也是俗名，我们村人喊油茶作茶籽，喊油茶花为茶籽花，到我们小屁孩嘴里，茶籽花蒂上的露水因其甜，就成为"茶花蜜"了。喝茶花蜜其实就是摘油茶花、像蜜蜂一样吮吸花蒂上的露水，每当我们把花摘到手，急急地将花蒂一端送进嘴巴，双唇轻轻一聚一吮，舌尖上就有了丝丝甜意。那股甜比什锦糖要柔和得多，比红糖白糖泡的水要清淡且绵长，似乎很有去疲劳的神效。因此虽有吸吮千万朵花蜜不见温饱的烦琐，也打击不掉我们"吃花"的积极性，个个像极了辛劳忙碌的蜜蜂。

提起蜜蜂，我们之间还有个抢蜜故事哩。有一年冬天又是我们吃茶花蜜的大好季节，我们村正对面那一片油茶林被洁白的花衬得很是耀眼，似乎时刻在召唤我们快快飞过小溪流，吃蜜去。等我们到了树下，才发现很多蜜蜂已经抢先到达了，它们嗡嗡嗡地飞舞着，时起时落在花间不停地劳作，根本无视我们的存在。起先我们带着敬畏望着它们，不敢贸然行动，因为我们在书本上学过蜜蜂辛勤、任劳任怨等诸般优良品质。我们决定换个地方吃茶花蜜，但是结果一样，再换还是一样，树头全是蜜蜂，耳旁全是细微的嗡嗡嗡……换了好几处之后，我们中有人开始怀疑：是不是全世界的蜜蜂都聚集到我们这里了？不知哪个急性子的竟然骂了起来："王八蛋，凭什么占了我们所有的地盘！"于是，刚才还只隐约缠绕在心尖的怨恨全数进发了出来，我们折来树枝赶起蜜蜂来。谁也料想不到，善良勤恳的蜜蜂被逼急了也会反抗。我们中有一个小子的嘴唇被叮了一口，虽然不是很疼，但是第二天他就成猪八戒了。

当我们见到"猪八戒"的时候，除了失声大笑外，对蜜蜂的恨也油然而生。大家都说：下次我们戴了斗笠、蒙了脸去消灭蜜蜂！我们连马蜂窝都烧过呢，还怕区区的小蜜蜂？但是那被蜜蜂叮成猪八戒的小子却幽幽地说：蜜蜂叮了我，它自己也死了。我们听后都怔住了，问："真的?"

之后，我们都知道了蜜蜂叮人是拿生命作代价的，也就不再计较它们抢占我们的地盘了。

孩童的动作，是清洁，是正直。
——旧约全书

游泳

他说，去游泳的人被划过的皮肤上会留下一道白痕。他还说，这是他交代水里的水鬼替他在每个人身上做下的记号。年幼的我们半信半疑，却因此对水对老师多了一分敬畏。

小小时候在炎热的夏季，最冒险的事就是偷着去游泳。

我的老家附近有两条溪流。小溪在村子前，从左到右归入大溪飞云江。因为大溪里淹死过好多人，所以我们不敢去那里游泳，只在小溪里游。

偷着游泳的最佳时机是中午，大人们都午休了。在大人们眯眼打盹的当儿，我们猫着脚步溜出屋走向小溪某个事先约好的潭。小伙伴不讲究性别，男男女女光着身子往水里跳。很像串游在滩头红鳃红鳍的一种鱼，实在欢快。

往往是等不及放暑假就开始偷着游泳，把书本、老师全部抛在脑后，忘在嬉水带来的乐趣中。老师总是比父母更早地发现我们的阴谋，他一问就能准确地知道我们的行踪。

曾经有一回，老师叫班上的小山子到我们游泳的潭边提走所有的衣服裤子。在水里我们毫不知羞，但是要光着身子上岸那是不敢的，除了阿宁。男生阿宁，平日里就是一副天不怕地不怕的脾性。他叫小山子放下衣裳，没用；他威胁小山子，还是没用。小山子说，他若不拿走衣裳就要挨老师的骂。阿宁没办法，只好上岸追赶。阿宁折一把小溪边叶多而密的树

枝，双手抱着树枝遮掩在两腿间，一边奋力奔跑一边高声地骂着小山子的娘、小山子的祖宗八代。成串的树叶随着阿宁的奔跑快速地抖动起来，好像在跳霹雳舞。

路旁人家的大人们被阿宁的叫骂声吵醒了，走出屋来。站在路旁的大人见状笑弯了腰，笑掉了眼泪。平时健步如飞的阿宁，最终没能追上提着衣裳的小山子。小山子把所有的衣裳交给了老师。那一回，我们在水里泡了很久，直到把游泳的乐趣都泡成了泡影。回家后，一个个都挨了巴掌。我们并未因此戒掉游泳。从那以后，我们不再脱光衣裤游泳，我们穿着裤衩下水。我们也极少因为游泳而耽误上课，所以很难被当场捉住。

记得我们的老师很有一套办法识破我们的阴谋，只要他愿意总能知道谁去游泳了谁没去游泳。办法之一是，他用手轻轻划过我们手臂上的某处肌肤。他说，去游泳的人被划过的皮肤上会留下一道白痕。他还说，这是他交代水里的水鬼替他在每个人身上做下的记号。年幼的我们半信半疑，却因此对水对老师多了一分敬畏。老师关于水鬼的谎言没能杜绝我们偷偷游泳，嬉水的乐趣还会时常在午后招引我们投身小溪流。老师有一个更直接的办法了解我们是否去游泳。他在我们的屁股上拧一把，若是谁去游泳了就会马上被他身上的湿短裤出卖。为了能瞒过老师和家长的眼睛，我们没少想招。有时候穿着内裤下水，上岸再把内裤脱掉，好让内裤贴在石头上烤太阳。有时候把内裤藏在某某石头的缝隙里，有时候把内裤挂到潭边某棵树的枝丫间……

光阴荏苒时过境迁。如今，我的故乡已在珊溪库区，深埋水底。但是无论多深的水，总掩埋不住我对家乡往事的追念。

人们听到的最美的声音来自母亲，来自家乡，来自天堂。

——威·布朗

老奶奶

她是从旧社会过来的人，年轻时曾在地主家做过十多年佣人，地主家的门槛比别人家的要高，哪次进出门她都要高高地抬腿。也许还有另外一个原因，在奶奶的心目中，生活在现在的社会就像当初在豪门吧。

　　八十多岁的老奶奶仍住在乡下的小村庄里，任凭大伯和叔叔怎么劝说就是不肯进城来居住。她说，看着站在路旁的花草树木就像看见儿女一样亲，听着鸡鸭的啾叫就像子女们儿时围着她吵闹。见奶奶耳聪目明、步履矫健的样子，家里人也就顺着她去了。孝顺孝顺，有顺才能称得上孝的嘛。

　　转眼间，老奶奶就九十岁了。九十岁的老奶奶突然地就犯起迷糊，变得痴痴呆呆、傻里傻气的。这大概就是常人所说的返老还童吧。三叔到老家要接奶奶进城居住，她不再有异议。

　　刚到三叔家时，奶奶每次进出家门总要把脚抬得高高的，作跨过门槛状。婶婶对奶奶说：现在的房子不再有门槛，进出不用抬高腿啦！奶奶满脸笑意地应道：哦，我记下了。然而，她一转身就忘记得一干二净。这也难怪，她是从旧社会过来的人，年轻时曾在地主家做过十多年佣人，地主家的门槛比别人家的要高，哪次进出门她都要高高地抬腿。也许还有另外一个原因，在奶奶的心目中，生活在现在的社会就像当初在豪门吧。

　　每当夜幕降临，老奶奶首先想到的是"自来火"（火柴）在哪里？把煤油灯点上。其实她在老家就已经用了多年的电灯。显然，奶奶的记忆真是返老还童，回到她早年的生活里了。婶婶按了电灯开关，满屋子亮堂起来，奶奶愣怔着，看着日光灯不住地嘀咕："这自来火可真亮哈，真亮！"奶奶转身对叔叔说："阿民（爷爷的名字），你从哪弄来这么亮的火，快点拿到囝他们房间去，好看书写字……"

到三叔家不久后的一天，奶奶搬了张小木凳，迈过她心中的门槛，坐在大门口朝着不远处正在工作的挖土机张望。看着看着她突然就感叹起来：那边那只鹅可真大呀，长脖子一伸一伸的还挺灵活呢。老奶奶的话把我们几个听众逗得笑作一团，她转过脸看看我们，也呵呵地笑开来，好像刚才我们给她讲了个天大的笑话。笑过，老奶奶就问我，阿囝你养几头猪啊？我说我不会养猪也没养猪，就养着一个儿子，你的曾孙子。她又指着我身边的儿子问，这是你的头胎吧？你的第二胎多大了？我说没有第二胎，现在国家提倡计划生育，不许生那么多呢。她就又感叹起来："你这个囝真是享福哩，我那时儿子这么大，他以下都有三个弟妹了，只要一个喊饿其他几个就都喊饿，全像饿牢里刚出来的。"说完，老奶奶乐呵呵地逗我儿子："小囝囝，太子命哩！"虽说老奶奶的话有点痴傻，但是现在的孩子比起她生活的那个时代，个个都是太子，还真没错。

足见奶奶返老还童的是，她把电视当电影看。为了让老人有个伴，婶婶把一个黑白电视机搬到老人房间，一再跟她讲述小时侯受她疼爱的事，以便唤醒她多年前的记忆。次日清晨，奶奶一起床就嚷嚷："昨天我真是老糊涂了，把我的兄弟认作大舅爷。"

孩子是母亲的生命之锚。
——萦福克勒斯

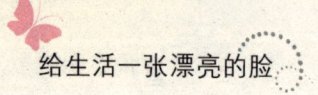

待娘如字

不过，我已答应自己的良心：至少我该待婆婆如
文字，我深爱的文字。

　　和丈夫结婚的最初那几年，婆婆没有和我们住在一起，每次她到我们家都显得小心翼翼，生怕得罪了我这个城里的媳妇。每次婆婆到城里待不上两三天，就嚷着要回乡下老家，任凭我们怎么挽留也无效。直到儿子的出生，婆婆才长期住进城来，和我们朝夕相处。

　　自从婆婆住进我们家，我的幸福生活就开始了：家务不用做，孩子不用带，菜篮子不用提，甚至连自己的衣服都不用洗——如果我没有及时清洗换下的衣物，代劳的总是婆婆。这样的事情发生多次后，每次换下衣服又没时间洗，我总要把它们藏起来。有时藏得不够隐秘还是逃不出婆婆的"火眼金睛"，弄得我极度不好意思。就劝道："老妈呀，你这样宠着我，你媳妇今后要变成大懒虫的。"她笑笑答道："懒就懒吧，反正有洗衣机嘛。"

　　过着"饭来张口衣来伸手"的悠闲日子，看着婆婆忙里忙外的步子，我总想分担点什么，减少点她的操劳。但是，每当我要抢着做点家务时，婆婆总是说："我来我来，你带孩子去！"这句话几乎成了婆婆的口头禅，把我从家务身上推开好多年。终于，儿子长大不用我整天看管了，每当我抢着要做家务时，婆婆又改了口头禅："我来我来，你看书写字去！"仿佛

只有看书写字才是我的正事，做家务则是她的"正事"。

有一回，我被朋友约去喝酒过量，整夜在浴室和卧室之间奔跑，呕吐声惊醒了睡在楼下的婆婆，害她一整夜睡不踏实。次日我一下楼她就看出我的醉样子，我走路还是有点摇晃。婆婆看着我万分心疼地说："以后少喝点吧，醉了难受，那叫生不如死呢！"她向我讲述了她年轻时酒醉的经历后又说："我想了一整夜都不敢上来看看你，你知道我最怕进你们年轻人的卧室的……"语气真诚得像个认错的孩子，让我听得辛酸万分也感动万分，发誓永不再喝醉酒让她操心。

看着桌上那杯为我而泡的西洋参，我心里既愧疚又温暖。我知道婆婆一直拿我当亲生女儿看待，可是我拿什么孝敬她呢？还是老公的一句话点醒了我这个梦中人："你待娘啊，只要像待咱儿子一样周到就行了。"是啊，我该待娘如子的。可是，我做得到待娘如子吗？世界上千千万万的子女谁能做到待自己的爹娘如子女？不过，我已答应自己的良心：至少我该待婆婆如文字，我深爱的文字。

人之间的友谊，并非由于说不尽的好处，倒是说不出的要好。

——钱钟书

请你唱支歌

这个学生又让我想起十多年前那个不会唱歌的男子，不知是什么原因导致他成为音乐哑巴的，难道也是那句流传在乡间的调侃式的俚语？

那是十几年前的事了，我在温州师范学院读书，一个在温州财干校培训的同学叫我周末去玩。那时的娱乐项目远没现在这么多，大家聚在一起除了谈天说地、神侃海聊，就是逛街或去游山玩水。到了财干校，见一伙人正在聊着天，我也加入了他们的行列。同学提起我会唱越剧的事，大伙一致要我来一首。我推辞不过，就豁开嗓门唱了起来。掌声把我的歌声一遍遍地荡漾开来之后，有人建议大家轮流唱歌取乐。建议立即得到大多数人的拥护，只有一个男子拼命摆手否决，他说自己从来就不会唱歌。众人哪里肯依，于是瓷碗作鼓、筷作锤、毛巾作花，开始了击鼓传花的游戏，鼓声停止，歌声飘荡起来。人人脸上洋溢着兴奋，只有那位声称自己不会唱歌的男子，坐立不安随时准备溜号。可是大伙已经盯上他了，上厕所也不让他单独行动。

越是害怕的事越容易发生，"花"很快就到那个不会唱歌的男子手上，只见他像扔一只烫手山芋似的扔了出去，但还是迟了一步。他立即起身要溜，没成。于是百般推脱，大伙就是不依，一定要他唱，哪怕是最简单的"东方红太阳升"或者"两只老虎跑得快"也行，可他就是不会唱，人们你一句我一句地教他，他就是开不了口，在音乐面前，他简直是哑巴一个！正在百般无奈之下，他灵机一动说："我出钱！"大家笑问他出多少，他说："一百，行不？"用一百元买下一个不唱歌的机会！大家简直不相信自己的耳朵，因为那是他差不多半个月的工资哩。只见那男子毫不犹豫地拿出钱，递给他身边的人，急不可待地问："现在我可以不用唱歌了吧？"问题得到大家的首肯后，他显得非常轻松。

第二次遇上不会唱歌的，是一个初一男生。该生自称已有四年烟龄，曾经因为打赌、打架等违规事件被学校处分过，在校园里几乎是鼎鼎有名的人物。上周，音乐老师要对学生进行期末测试：每个人轮流唱一首歌。轮到该生，他说自己不会唱歌。老师说："哪有人不会唱歌的？"在老师的催促下，他把脖子一梗说道："我就是不会唱！"结果，音乐老师一气之下把他拉到办公室。在老师的一再训导之下，他一把鼻涕一把眼泪地答应唱歌，前提是要找个唱歌唱得好的同学一起合唱。音乐老师无奈地答应了他的要求，给他一个台阶也给自己一个台阶，让该生重新回到课堂进行音乐考试。课后，音乐老师叫住那个男生，问他为什么开始时坚决不唱歌，他说自己从小就没唱过歌，因为他爸爸在村里是出了名的"狗叫"。他爸爸很爱唱歌，唱的歌又很难听，所以村里人给他爸爸取了外号叫"狗叫"，说是"唱歌跑调，不如狗叫"。人们有时也会拿小小年纪的他开玩笑，喊他"小狗叫"，所以他从上学起，就发誓永远不唱歌。

这个学生又让我想起十多年前那个不会唱歌的男子，不知是什么原因导致他成为音乐哑巴的，难道也是那句流传在乡间的调侃式的俚语？

只要你有一件合理的事去做，你的生活就会显得特别美好。
——爱因斯坦

火笼

阳光下，某个暖墙角落里，一堆大人手捧火笼，或坐或立，或闲聊或打牌。一堆火笼围成圈，一群孩子专心致志，眼盯火笼，手忙脚乱，嘴巴也不闲着……那就是最美的乡村冬景图了。

现在的孩子一定不知道火笼是何物了，它早已被琳琅满目的取暖器、花样百出的热水袋取代了。但是出生在八十年代之前的人们，是绝对不会忘记火笼给生活带来的诸多好处与乐趣的。那时候，火笼是冬季里极其受宠的家常用具，在我们乡下，家家户户都有，几乎人手一只。

据说，用火笼取暖是江南人的专利，而且历史悠久得很，有据可考的就可以追溯到南北朝时期。但我们从来就没想到要去研究火笼的悠久历史，只看重它实实在在的功效：取暖、取乐。因为父亲是篾匠，我家的火笼总比别家多，也比别家的精致。

曾经亲眼目睹父亲编制火笼的场景，他把一个汤碗大小的泥瓦钵夹在两腿间，一群柔软如面的竹篾条子簇拥着泥瓦钵，父亲十指如鱼，灵动地游走在篾条之间。与此同时，泥瓦钵渐渐被掩藏起来，没半天工夫就如着了装的孩子，端庄了不少、高挑了不少，并且凹凸有致了。再在圆柱形身子的上方安装一条拱桥状的把手，火笼就算编成功了。

不管在谁家，火笼的第一功效总是取暖。那时每到秋末冬初，冷字似乎就等待在日子的每个角落了。

我们开始喊冷，父母便寻出火笼来。母亲煮熟早饭后，就往火笼里装暖灰、装炭火，我们的手脚一整天都有福了：课上把火笼往地上一放，脚板享受着火笼的烘烤，暖流遍及全身；课间人人怀抱火笼，双手罩住火笼口，哪怕嘴巴呵气成冰也不再抖抖缩缩地喊冷；夜里把火笼往被窝里一放，从床的这一头慢慢挪到床的那一头，人再躺下，暖字就跟随着进到了梦里。

对于小孩子来说，火笼的取乐功效几乎是超过取暖的。在那物质贫乏的年代，孩子们的最大乐趣就是吃，于是，"火笼烧烤"应运而生。我们烤得最多的是番薯丝。那时我们乡村有句俚语：人生三大宝，火笼当棉袄，番薯丝吃到老，火篾把当灯照。可见，番薯丝并不稀缺。我们拿番薯丝烧烤也不要藏着掖着，可以光明正大向父母亲要，或者干脆不经过允许就抓一大把装在口袋，慢烤慢品。

将火笼里上层的暖灰挑拨开一点儿，放一两条番薯丝进笼，过一小会儿，香气就弥漫开了。这时，需要眼疾手快，否则番薯丝就要焦了。焦了的番薯丝是苦的，进不到喉咙就要遭遇舌头的唾弃。因为我们训练有素，动作敏捷得很，绝不至于让番薯丝变焦发臭，除非思想开了小差。

除了最流行的烤番薯丝，我们曾经烤过黄豆、玉米和糯谷。这三样食品中属黄豆最稀罕，也最好吃。不仅好吃，烤起来也较其他两样方便。只要把豆子一粒两粒地分批放进笼，稍等片刻听见轻微的劈啪劈啪声，豆子渐次裂开，这就差不多熟了。再经过几秒钟，就可以出笼、进嘴。那香，那脆，不是如今商店里的各种"名牌豆"可比的。

在没有黄豆可烤，又厌倦了烤番薯丝的时候，我们就烤玉米或糯谷吃。一个玉米棒子或一把糯谷，就够几个小屁孩烤上大半天的，但是烤玉米和烤糯谷发出的劈啪声以及随它弹跳出来的暖灰，常常弄得我们满脸灰烬，不时还进了眼睛，叫人难受半天，我们就不喜欢。于是，火笼的乐趣又回归到了烤番薯丝那里。

于是，烤番薯丝便成为那个年代乡村孩子永远的"烧烤宝贝"，也成为火笼烧烤的代名词。只要我们一有空就约伴：烤番薯丝咯——

　　阳光下，某个暖墙角落里，一堆大人手捧火笼，或坐或立，或闲聊或打牌。一堆火笼围成圈，一群孩子专心致志，眼盯火笼，手忙脚乱，嘴巴也不闲着……那就是最美的乡村冬景图了。

父爱可以牺牲自己的一切，包括自己的的生命。

——达·芬奇

父亲和竹器

随着时代的进步，竹席的命运也起了变化，正确地说是一种变革，由竹编席走到麻将席。从此，竹席的生产带上了严重的机器烙印，手工编制竹席的篾匠们彻底失业，一种乡村的淳朴纳凉席子也即将退出江南竹器历史的舞台。

在那"竹叶青青不肯黄，枝条楚楚耐严霜"的隆冬时节，看着满山坡的青青翠翠，竹子显示的气节就要钻进我的骨髓里去似的。真想为它们做点什么啊，毕竟在消逝不久的年代里，它们曾经为我们家乡的父老做过诸多贡献。

我的家乡泰顺地处浙江南陲，气候温和湿润，地貌以山峦为主，因此境内竹源繁盛。目前，全县竹林约有十四万五千亩，绝大多数是适合破篾编制的优质毛竹。新中国成立前及新中国成立初期，从事竹制品加工的工匠不在少数，多是以师带徒的形式，走街串户，把手艺送到家门口的。那批走进散落在山山岭岭村落间的篾匠身影中，有一个是我的父亲。

父亲早年跟着学艺的师傅是泰顺本乡族人，那时，我们那一带乡村青年若要学手艺，除了学做木匠、铁匠、弹棉匠之外，就是学做竹篾匠了。父亲十六岁学艺，十八岁出师自立。那时父亲能做的竹器有泥箕、簟、箩等较为粗糙的农具，也有能见技艺精湛与否的筛子、捕虾用具"倒稍"、纹路简单的竹席等家常用具。让我至今记忆犹新的是，父亲编制竹席前后

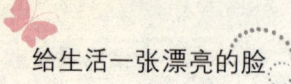

的几道繁琐工序。

　　编制一领上乘竹席，工序要从选竹子开始讲究，被选用的竹子竹节要尽可能的长，而且竹子不宜过嫩或过老，一般生长三五年的竹子为佳品。听父亲说，很多篾匠还要择日上山砍竹，以免遇上"蛀虫日"，导致做成的竹席或竹器容易被蛀坏。这看似虔诚的迷信做法，可能是因为父辈篾匠们太看重竹子的质地造成的吧。

　　选好竹子后，就要截竹、剖竹了。先要将截断的竹子剖成两半，再劈、撕成竹片。父亲在竹子的一端劈几处缝隙作为下手的地方，然后开始手工撕竹。每当父亲要把成半成半的竹子撕开的时候，我们姐弟几个就会乐颠颠地做他的帮手——应和父亲的口号，站在竹子的另外一端、用脚尖用力地踩住。父亲则像一位魔术师，双手往外奋力一张，再几合几张，竹爿子就逐渐成了片状、绺状。当然，那还是粗胚。要把粗胚变成可以编制的竹条，还得经过切丝、刮削、磨光、烧煮等几道工序。其中前几项工序需要金属器具的配合。那名目繁多的金属器具，年少的我们是无论如何也记不全的，就通通称呼为蔑刀了。

　　竹席当中最为凉快的要数纤维细、质地柔软坚韧的"头青席"。"头青"即头道篾，是带有竹子原色的。"头青"虽然被摩擦去了表皮，还是依稀可见竹子的青翠模样，于是得名。然而，"头青席"凉性大，老人、小孩及体质弱的人并不适用，尤其是在北方，夜晚气温较低，皮肤直接接触竹席很容易着凉。因此，这类竹席更适合中青年人使用。每当有客户说要把竹席往北方送，父亲就会一再交代：莫给老人睡头青席。

　　父亲编制的竹席原先并没有精美的花纹，后来一个同行把技巧透漏给了他，父亲的竹席生意就越来越红火了。以至于在之后的岁月里，父亲得以单凭编制竹席的手艺就能把我们姐弟三人送出农门，送进大中专院校。

　　随着时代的进步，竹席的命运也起了变化，正确地说是一种变革，由竹编席走到麻将席。从此，竹席的生产带上了严重的机器烙印，手工编制竹席的篾匠们彻底失业，一种乡村的淳朴纳凉席子也即将退出江南竹器历史的舞台。

想起当年麻将席和竹编席平分秋色共同霸占竹凉席市场的时候，我曾经给父亲写过一副对联，还是忍不住地为父亲的生意和家乡的竹器而自豪。对联是这样的：竹编席，麻将席，席席沁凉；鱼虾篓，果蔬篓，篓篓飘香。横批：泰顺竹器。如今，面对满山坡青翠欲滴的毛竹，我的心中还会涌现出对其傲气的无限赞叹之情，才疏学浅的我只能借古人的诗句一用："一节复一节，千枝攒万叶。我自不开花，免撩蜂与蝶。"

人类的一切努力的目的在于获得幸福。

——欧文

南下唱花篮

光阴荏苒，她们如今一定早已为人妻母了吧，但不知石狮城里 KTV 的花篮儿如今是否依旧漂流在优美的歌声里。

　　刚刚走出大学校园的那些年，我还是无法放弃从中学时代就开始上了心的梦想——以唱为业。于是，就有了那段远行打工的日子。

　　那是十多年前的事了，远在石狮城打工的妹妹、妹夫来电话，问我能否在暑假两个月时间去给他们老板的女儿做家庭教师，辅导老板的女儿学习英语。我一听完电话就毫不犹豫地答应了下来，心想：我可以一边做家庭教师一边到歌厅里"唱花篮"，这样虽然实现不了自己多年来的梦想，但也是与梦想沾边了啊！而且，我早听说在 KTV 唱歌，只要歌声好听就能挣很多钱，再加上我对自己的歌喉很自信，很快，我就带上淘金者的心态踏上了南下的列车，投向远在千里的石狮城的怀抱，开始了为期两个月的打工生涯。

　　"唱花篮"是南下妹子诸多挣钱方式中的一种，也是比较清白的挣钱方式。每当夜幕降临石狮城，卖唱者便成群结队地来到 KTV 的大厅，等待新老顾客来点歌点唱、请吃请喝请跳舞。只要是歌声优美唱得让顾客称心，舞跳得让顾客满意，侃得让顾客开怀，酒喝得让顾客心服，他们就会

毫不吝啬地给你捧场，捧场的最佳方式就是送花篮。

我到石狮城的第二天，妹妹与那些住在一个楼里的，同是来自浙江的小姐妹就带我去 KTV，见识了"世面"，也目睹了花篮流水线的全过程。先是听歌的人从老板那里购买花篮，然后送给唱歌的人（一般都是女人，人们称呼她们"小姐"），最后花篮又由老板清点回收，每回收一只花篮老板就给卖唱者付三十至五十元不等的"点心费"。多得花篮者多收入；花篮成为以钱买歌的"文明标兵"。

见识了花篮流水线之后，我不禁惊诧于 KTV 老板的精明，同时也舍弃了暗藏在心中的"兼职"念头。因为我不敢想象自己能以甜美的歌声、娴熟的舞步和那些小姐们的相媲美，更何况自己在酒桌上也没有她们那般海量，又没有她们那种能与顾客随便神侃海聊的交际能力。

坐在 KTV 大厅里，我真像一只误入了天鹅池的丑小鸭，显得手足无措。哈欠连连地挨到凌晨四点多，我向妹妹提出要回楼，来自"浙江楼"的众姐妹们却说："还早着呢！喝酒——吃菜——"

仅仅一个夜晚就让我领教了"以唱为业"的艰辛，使我放下了心中的念想，还是老老实实地教老板的女儿学英语。听妹妹说，那老板的女儿后来考上了厦门的一所大学。今年国庆节，老公带儿子去厦门一带旅游，我无故又想起了那个远在千里的学生，想起当初在"浙江楼"的小姐们。光阴荏苒，她们如今一定早已为人妻母了吧，但不知石狮城里 KTV 的花篮儿如今是否依旧漂流在优美的歌声里。

友谊是使青春丰富多彩的，清纯的生命的旋律，是无比美丽的青春赞歌。

—— （日）池田大作

同学舅

婚后又常回想起一位女友的话："男女之间没什么纯洁的友谊，即使有也会被世俗误解歪曲的。"我选择了断然离开他们，但是心中时常隐隐作痛。

大学刚毕业那些年，和男同学走得近，假期里常常和三五个男同学结队而出，有时溜达在歌厅舞厅，有时就在酒桌上推杯换盏，多数时间里只是天南地北地神侃海聊，欢声笑语不绝于耳，正是"书生意气，挥斥方遒，指点江山、激扬文字"的年龄。

记得有一年大年三十，我们相约到平的家里。一进门，大伙就大声嚷嚷："有什么好吃好喝的通通拿出来，不许保留哈！"平应声道："我啥时候对你们有所保留了呀？苍天作证我从来没有把好吃的留下单独享受！"那时，门外雪花飞舞，屋内情意浓浓。谁说同学不及兄弟姐妹亲！平说完话就打开菜厨，揭开锅盖子，为大家张罗吃的喝的。荤菜素菜，红酒米烧，毫不保留地上了桌。席间，又一阵书生意气弥漫开来，热气夹杂着酒气，陋室里弥漫着的都是对时事的担忧或不满，只在瞬间，仿佛人人都成了忧国忧民的国家领袖。

不知不觉间到了午夜时分，借助灯光的映衬，可见门外飘飞的雪花越舞越起劲。平建议，今晚都住他家，五个男同学挤一张床，我和平的妹妹一个铺。这样就算是陪平度过一个完整的大年了——那年平刚刚失去父亲，母亲让继父接走。

次日是大年初一，我邀请他们来我家吃晚饭，家境贫寒的我竟然感觉不到一点儿自卑。

转眼间，那段天真浪漫又充满激情的日子就过去了。我的婚期成为与那批男同学友谊的分水岭。结婚前，我向父母提出要请那批哥们参加酒宴，父亲自叹家境不如人，以"招待不起你那批城里的同学"为由，断然拒绝了我的请求。我自觉愧对那批可以推心置腹的男同学，婚后又常回想起一位女友的话："男女之间没什么纯洁的友谊，即使有也会被世俗误解歪曲的。"我选择了断然离开他们，但是心中时常隐隐作痛。

一个偶然的机会，老公和我那批哥们中的几位在酒桌上相遇了。觥筹交错之间，男同学识得我老公"庐山真面目"，并且以"同学舅"自称，让我老公喊他们小舅子。

老公回家后，无限感叹我有一批好"兄弟"，我逗趣道："你可别欺负我，否则同学舅们饶不了你!"

如果幸福在于肉体的快感，那么就应当说，牛找到草料吃的时候是幸福的。

——赫拉克利特

跟甘蔗较劲

起初，来买甘蔗的人都比我小，力气没我大，所以我总能因赢到那个"小凸起"而暗地里高兴，等买甘蔗的人一走，我赶紧切下"小凸起"品尝起来，那甜真是透彻肺腑的。

　　说起甘蔗，相信许多人会提及郭小川的诗《青纱帐——甘蔗林》以及诗中描写甘蔗林的宏大气势。虽然我生在南方长在南方，我却没见过大规模的甘蔗林，只见过一小片一小片或者零星散落在房前院后的几株甘蔗。不知是不是这个缘故，我们跟甘蔗就有点疏远，但是谁都知道拿一两分钱去买甘蔗时，得跟它较劲的道理，否则就要吃亏。

　　每到深秋时节，邻村的小代销店里开始有甘蔗了，一株一株沿着墙壁靠过去，像站立的将军，守着店里的瓶瓶罐罐、针头线脑。有的甘蔗被削去根部，倒立在那里，露出的横截面就更能把我们的视线直直地牵引过去了。此时，甜字也会毫不犹豫地窜上心头、舌尖。每当那情那景出现在眼前，我都巴不得跑过去抱住它猛啃几口，哪怕舔一下也行！当然那都是做梦般的心理，现实是不容许那样做的，准会挨耳光，还得被冠以馋猫的臭名。只好在心里默默祈祷着父母能给个一两分闲钱，就可以买甘蔗吃了，就可以跟甘蔗较劲一番了。

　　拿着一分或者两分钱站在甘蔗卖主的跟前，首先是眼巴巴地望着截甘蔗的刀子落在何处，如果落的地点不满意了就赶忙大叫一声：太少了！甘蔗主人有时会像卖黄金似的，不情愿地把刀子往里移动那么一点点，然后开切。等刀子在甘蔗上划拉出一个圈圈后，我们伸出手去捏着，买卖双方开始较劲了，各人往自己的方向用力向下猛拉。甘蔗就此断开，用力大的那方甘蔗的横截面上就多了那么一个"小凸起"，如果有幸"小凸起"在我们买方的手上，不论谁都要高兴地呼喊起来，那真是甜蜜的呼喊呢！但是这样的时候不多，因为长的那端总在卖家手里，我们怎么用力都很难赢，难得有那么一两回赢都得是趁人不备，没等对方捏牢固就使劲一压、一扯，才能带出那点"小凸起"。这做法多少有点不光彩，甚至有点卑鄙。所以那时，我每次买甘蔗吃总巴望自己做一回卖主。

机会终于来了，读小学五年级那年冬天，一个亲戚给我五角钱，说是提前给的压岁钱。那时甘蔗一角钱一条，一分钱只能买到四五厘米长，我估算着每条甘蔗卖回本钱再挣个吃总该会有的，就一口气跑到邻村买了五根甘蔗，迫不及待地拿到本村一个大人们玩牌的场地去叫卖。刚开始叫卖时还有点羞涩，但是除了想吃甘蔗的孩子就没人多看上你一眼，渐渐地才放下心来一本正经地做起"老板"。

起初，来买甘蔗的人都比我小，力气没我大，所以我总能因赢到那个"小凸起"而暗地里高兴，等买甘蔗的人一走，我赶紧切下"小凸起"品尝起来，那甜真是透彻肺腑的。但是没卖多久，村里的"大力士"来了，他是我们小学有名的力气大王，我们那个混合制班级里属他的臂力最大，每次掰手腕他必赢。就那么个"大力士"竟然坐镇牌场，为所有向我买甘蔗的人提供免费服务，我想赚点口福的念头立即蔫了下来。每次看见那个"小凸起"被拉走，我的心就狠狠地揪一下，真恨不能把"大力士"扔出场子。还没卖完两条甘蔗，我就不想再卖下去了。准备扛回家去，过年卖或者喊母亲来卖。

没等我走远，听见背后有人笑着说："抠门死了，一分钱才给那么一点点……"我听后恍然大悟，原来他们嫌我卖得不公道才喊来"大力士"帮忙的，一股热浪涌上了我的脸。

每一个人可能的最大幸福是在全体人所实现的最大幸福之中。

——左拉

蛇

我们不想接近求救的青蛙，但是青蛙作为弱者的形象总在大家脑海里出现，这样，我们对蛇的印象就不好了，同情弱者是天性吧。

在乡村，几乎随处能窥见动物们的生活秘密，比如蛇对蛙的偷袭。正像书上写的那样，青蛙专心致志等待虫子飞来时，蛇已经等不及了，张开"血盆大口"，一下就捉住了青蛙。蛇捉了青蛙并不能马上吞下去，任由青蛙在嘴里呼救似的咕咕乱叫。那时我们往往看不下去，恻隐之心油然而生，只要拿一石头砸去，蛇会立马弃蛙逃生。但是我们不敢出手相救。大人们说，一旦青蛙获救，那蛙会在半夜三更跑进家来，送一件礼物给恩人。那件礼物是大伙不愿意要的，是一种被称作"蛤蟆钻"的咽喉疾病，轻者咽喉疼痛呼吸不畅，重者有生命危险，乡村孩童常有被那疾病夺去生命的。也许是那个时代人们对那种疾病的极度恐慌所致，防病无方，就交代自家孩子少接近危难之际的青蛙了。

我们不想接近求救的青蛙，但是青蛙作为弱者的形象总在大家脑海里出现，这样，我们对蛇的印象就不好了，同情弱者是天性吧。于是，我们处处跟蛇作对，有时看见类似蛇的蜥蜴也会欺负一下：拿个石头准准地砸去，它的尾巴就断下一截，看见它慌忙逃窜的样子，我们就有一种替蛙报仇雪恨的快感。再看那截被抛弃的尾巴，还会给我们带来乐趣，因为它会一直在扭动，像在炫耀自己顽强的生命力，没了主人还能继续有"活力"，但是我们不管，几下子把它踩扁，我们认定蜥蜴是蛇的亲戚。

最大快人心的事莫过吃蛇肉了，那时我们村里经常有人遭蛇咬，有个小孩还遭五步虎蛇咬截去了一条腿，造成终身残疾。从那时起，大家对蛇的恨就更深切了，村里吃蛇肉的人也越来越多。那蛇肉的确好吃，味道不比鸡肉差分毫。我们吃过五步虎蛇、银环蛇、菜花蛇、黑山剑等，吃多了就吃出经验来，毒蛇肉比无毒的菜花蛇味道好多了，渐渐地我们对蛇由恨到些微的喜欢。

有一次，已是将近入秋时节，大家在一个坪子上玩耍，看见一条蛇慢腾腾地滑过来，好像跟大伙儿很熟悉似的，一点都不想避着我们走。有个怕蛇的人突然惊叫起来："打死它！"那蛇似乎懂人语，立即回头，就近钻进一堵石墙。没等蛇完全进洞，有个动作敏捷的家伙已经一个箭步上前，抓住蛇尾巴使劲喊："快帮忙！"离蛇最近的另外两人一同跑了过去，抓着蛇尾巴。这样一来，蛇被死死拽着，挪不动了，几个人开始了与蛇的拔河比赛。僵持几分钟后，其中一个小不点儿，放手想让位给力气大的人。这一放可不得了，蛇倏地一下子滑进洞里去了，跟蛇拔河的几个人连声怨起那个小不点："蛇被你放跑了，你要赔我们一只鸡吃！"小不点也懊恼得不得了，哪知道蛇还这么狡猾呀！

正在议论着那蛇怎么怎么聪明又狡猾，有个人恍然大悟道："那蛇真笨，如果是我就回头咬你们……"这一语有惊天的效应，让大伙想想就后怕。大家即刻庆幸起来：多亏了那笨蛇没有回头，否则不知道谁又要缺胳膊少腿呢。因为那是一条五步虎蛇！

当你幸福的时候，切勿丧失使你成为幸福的德行。

——莫罗阿

结识成都抄手

抄手是成都人对馄饨的一种特殊称谓。讲究语言生动的成都人，估计是看到包制这种小吃的时候要将面皮儿的两头抄拢起来，就随性给它起了这么个新鲜的名字。

结识成都抄手纯属偶然。源于前年春末夏初，到成都参加一个小小说笔会。到达成都的那天下午，当地文友就带我和另外一位浙江文友逛了成都最繁华的商业街——春熙路。一路上，除了注视来往行人的着装打扮，我就爱往那些小吃店摊子上凑了。问问这个价钱闻闻那个香味，再买上一两样品尝尝。那会儿，还是没尝到四川鼎鼎有名的小吃——抄手。因为文友介绍说的成都最有名的抄手店，天天都是人满为患，而我又受不了那份喧嚣中的拥挤。

总以为就此与四川抄手擦肩而过了，不料机缘却在当天夜里。那天的晚饭，在我们下榻的宾馆大厅吃，看着满满一厅的餐桌就够我咂舌，再看桌上摆满了各色菜肴，鲜艳的色泽大大刺激着感官，我的舌尖不禁快速生了唾液，巴不得立即落座，好大快朵颐。终于等到入座的时间，我迫不及待地把筷子伸向眼前的美味。谁知美食一入嘴，整个口腔立即被"麻""辣"二字占领了去。若不是顾及众多文友在场，我定会将它一口"呸"到地上了。捂着嘴到了卫生间后，我拿冷水好一阵冲洗，口腔才稍有了知觉。回到席上，见来自全国各地的作家朋友们都吃得津津有味，我却只能观望，不敢再动筷子。身旁一位来自福建的文友也和我一样，吃不惯这种能辣到肺腑的风味食物。当地的文友见我们不动筷子，吩咐厨师给我们各做了一大碗面条，面条里也带着丝丝辣味呢，尽管我不能吃辣，也礼貌性地吃了一点面条，好叫主人家安心。

晚餐后是文艺汇演，演出后夜深了，我的肚子也空了，我到大街上想找点合胃口的东西当夜宵。好不容易找到一家小吃店，一问店主，说别的卖完了只有抄手了。我立即有了"众里寻他千百度"后的惊喜感，就点了抄手。当店主问我要选择"红油、清汤、海味、酸辣还是原汤抄手"时，我又傻眼了，我哪分得清那么多的名目啊！只好说：不辣就可以。店主就帮我选了一碗中号清汤抄手。

不一会儿，店主给我端来一碗热气腾腾的清汤抄手。我一看，切，原来是馄饨啊！只是个子大号了许多而已，怎么有个这样古怪又吸引人的名字呢？后来店主向我一一道来：抄手是成都人对馄饨的一种特殊称谓。讲究语言生动的成都人，估计是看到包制这种小吃的时候要将面皮儿的两头抄拢起来，就随性给它起了这么个新鲜的名字。听说，成都最有名的抄手店迄今已经有六十多年的历史了。

不知是当时太饿的缘故，还是抄手特有的美味，我至今念念不忘成都抄手——那些个大、腰鼓、皮薄、馅细、清汤的馄饨，那些吃起来有韧性又有嚼头的"馄饨老大"！

全世界的母亲是多么的相像！她们的心始终一样，每一个母亲都有一颗极为纯真的赤子之心。

——惠特曼

救命咸菜

母亲说是"太爱吃咸菜了，不想让它在脚底下入味，怕玷污了它的香醇之味"。

　　前些日子母亲到我家小住，又给我带来一大袋咸菜。看着其貌不扬的咸菜，我又生出诸多感慨，因为它跟面条合伙，几乎救过我的命。

　　农历二月末三月初这段时间是母亲忙于制作咸菜的日子，虽然年近花甲的她已经不吃咸菜有四十多年，可是制作起咸菜来，却是一如既往得一丝不苟。她把株株芥菜一束束地掰开，用牙刷顺着菜梗的纹路，刷洗着细微的尘土。这是她制作咸菜的第一道工序。

　　我年少时，由于芥菜多，农活又忙，一般人家都是砍下菜，抖抖、敲敲菜身上可能沾有的泥巴，就运到满是碎石的溪滩上晾晒了，而母亲砍来的芥菜总是一担担地往家里挑。那是母亲太爱干净了，为了不浪费白天的作息时间，她都是在夜幕降临后开始洗刷芥菜，然后一株株晾到竹竿上。因此，村里的婶娘们都说我家的咸菜带着夜的味道，很不一般，她们特别喜欢吃。过了晾晒这一环节就进入拌盐、入瓮的工序了。

　　那时候，在我们那一带偏远的乡村里，哪家哪户没有上百斤的咸菜？要使盐巴入味，每家都是叫男劳力用双脚给半干的芥菜拌盐，揉搓到出来些许菜汁，然后由女人把菜装入瓮，再封存些许时日遂成咸菜。但是我家不是这样。母亲说，脚怎么洗都是不干净的，所以就用双手揉菜，让盐入

味。这一过程在别人家只需半日工夫能完成，我家则要多一倍的时间。因此，村人问母亲其中原因，母亲说是"太爱吃咸菜了，不想让它在脚底下入味，怕玷污了它的香醇之味"。

十二岁那年暑假，我无故得了一种叫"白喉精"的怪病，连续低烧十多天无法进食，每天只喝几碗用番薯丝煮的汤水，村里的郎中说我怕是挺不过去了，叫母亲尽量弄些我平日里喜爱吃又能下咽的东西给我吃，言外之意是，若我到了阴间不至于做个饿死鬼。在那个物资匮乏的年代，母亲跑遍全村才借到一小把手工面。她在锅里下了些咸菜当佐料，又特意多下了点油，烧成一小碗汤面，端到我靠的竹椅边的木凳上说："你等等，我去隔壁阿婶家借个调羹喂你吃。"没等母亲回来，我就看见一只苍蝇在面汤冒出的热气上空盘旋着，没几下又跌到面碗里去了。

苍蝇可是我们家人人都讨厌的东西，尤其是母亲，平时若是见哪碗菜被苍蝇爬过或发现有苍蝇落下的污迹，不论是难得一见的肉食还是平常菜，她总会坚决地倒掉。母亲一进门，我就使出全身的力气用手指向碗边喊："苍蝇！"只见母亲的脸阴了一下，立刻泛起一丝笑容，说："咳！哪有的事！那是咸菜。"说完立即用调羹舀起，送入自己的嘴，一口吞下。我惊呆了，似乎刚才还高高挂在天上的艳阳一口被吞没，天地间突然没了光亮，毫无知觉地任凭母亲把面一勺勺地喂进我的嘴里……我没敢去咀嚼，生怕一咀嚼就会把母亲胃里的那只死苍蝇吐出来。

没过多久，我的病慢慢好转，而母亲从那时候起就再也没吃过咸菜。

个人的痛苦与欢乐，必须融合在时代的痛苦与欢乐里。

——艾青

老抛轶事

大家也不贪心，只摘一个就撤退，怕把老抛叔惹醒挨骂，同时想着毕竟是人家能卖钱的东西。

　　在那些缺吃少穿的年月，孩童们到别家摘点树头果子解馋，村人一般不会太过于责怪，但是老抛叔除外，他是村里有名的吝啬鬼，如果哪个摘了他家的果子，他一定骂得响亮又难听，为一点儿果子他就能骂人的祖宗十八代，气得大人们都吩咐自家孩子别吃老抛叔家的任何东西，哪怕让它们烂在枝头也别吃。可是孩子们总管不了自己的馋虫，才懒得管祖宗十八代呢，就禁不住诱惑，总往老抛叔家的果树上靠，尤其是那株深秋时节熟透的柚子树。

　　其实老抛叔的名字不叫老抛，他之所以被称作老抛叔是有故事的。事情得从那株柚子树说起，村里几乎每户人家都有柚子树，但谁家的柚子也没他家的个大、汁多、味甜。村人没几个品尝过他家的柚子，只是听说而已。每到中秋节前后，柚子成熟老抛叔就寝食难安了，生怕他家的柚子被偷。有一年将近中秋，村里几个年轻人故意把消息放出去：今年把老抛叔家的柚子偷光光，让他去"喊天"！在我们家乡一带，"喊天"往往是指一个人遇见了最无可奈何的事。得到消息后老抛叔夜夜坐在果树下守着，他那一树果子要是挑到邻近的镇子上卖，是可以换回好多美味佳肴的，有时是几斤猪肉，有时是一些海鲜，总之都是些罕见的、让人嘴馋的东西。

　　守了几夜之后，也不知到底是几夜了，村里的年轻人才动手，我们一群小屁孩跟班。先派遣一个人悄悄靠近老抛叔的柚子树打探消息，听见震山响的呼噜声，就轻声招呼其他人过去。那柚子树不高，不用攀爬就能摘果子。大家也不贪心，只摘一个就撤退，怕把老抛叔惹醒挨骂，同时想着毕竟是人家能卖钱的东西。

　　剖开柚子，每人分得一瓣，几下就下了肚子。看着被掏空的柚子壳，一个伙伴说：真像一顶帽子。于是有人建议把"帽子"还给老抛叔，让他知道我们只吃了他一个柚子。这一说得到众人的认可，说干就干，一伙人再次潜到老抛叔的柚子树下，听见他依旧震山响的呼噜声，我们把柚子壳戴到了他头上。一切做完，大伙就躲在附近只等老抛叔醒来。左等右等，大家都不耐烦了他还没醒，只好扫兴地散开，各自回屋睡觉。

　　次日早上，我们都急于知道老抛叔昨天夜里是怎么骂人的，是不是照样骂人的祖宗十八代，骂偷吃了他家柚子的人嘴巴烂成泥……结果让我们大失所望，人们根本就没听见他骂一句难听话，这又引起了我们的好奇心。我们再次夜访老抛叔家的柚子树，奇怪的是，他没再守着了。但是我们在撤退的时候被他的一束手电筒光亮罩住，如孙悟空逃不出如来佛的手掌，只能乖乖就擒。因为若是乱跑乱窜就可能要付出惨痛代价，有毒蛇在黑暗处等着呢，村里曾有孩子被毒蛇咬而截肢成残疾的。

　　我们一一被喊进老抛叔家的简陋房子里，虽然他语气很不友善，但并没歇斯底里地骂我们，而且还给我们每人一小瓣柚子哩。从那时起，我们就亲切地称他为老抛叔了，因为村人本来就称呼柚子为老抛。

谁言寸草心，报得三春晖。

——孟郊

笋事

包队长听得真切，再次为包有财一家念叨起来：医生都说治不好了，你包有财还不信，硬是把值钱的家当整得精光，接下来这日子还怎么过啊？

春暖花开时节，包队长开始满山冈地逛，一个竹林接一个竹林地查看，见哪里冒出个小土包，露出嫩黄嫩黄的笋尖，他就在小土包旁边插上根竹枝或木条，表示这笋有主了。

其实这笋的主人也不是包队长，是整个包宅村的人民，包队长只是听从组织看管竹林而已，自己并不能挖笋吃笋。不仅自己不能吃笋，包队长也绝不允许有一条笋跑到谁家的锅台上去。偷笋被包队长捉住可不是小事，轻则罚电影一场，在放电影的现场，偷笋人要向村内外那么多人公开道歉、保证不再犯。重罚罚钱、游行、开批斗大会！偷笋被捉，丢钱不说，还丢脸。包宅村人怕丢钱，更怕丢脸。所以，包队长看管的竹林，不曾丢过笋。

今年，也许是包队长放松了警惕，也许是哪个吃了豹子胆，靠近包有财家的那片竹林竟然少了两棵笋！

包有财是个老实人，往年有外乡人路过他家附近那片竹林，想顺手带根笋回去解馋，让包有财发现，他能主动站出来捉贼。一次两次不奇怪，三次四次无数次地那么做，就引起人家村干部的重视。于是，村里上报社里，社里上报县里。最终，硬是把个巴掌大的包宅村整得名声响亮亮的，成了十里八乡唯一一个"红心示范村"。

包有财成为"护笋模范"时发的大红花还挂在他家厅堂呢，他家附近的笋怎么会丢失？包队长思来想去不见头绪，又到包有财家附近那片竹林，查看那两个泥坑，好像要从泥坑里挖出盗笋贼来。

这时，包有财的老婆喊她那得了白血病的孩子："丑妞，你不要到竹林来，林竹虫子多。"丑妞甜甜地"哎"了一声。包有财老婆又喊："妈妈拔满一畚箕兔子草马上就回家，你乖乖地不要乱走妈妈晚上再给你煮好吃的。"丑妞又甜甜地"哎"了一声。

包队长听得真切，再次为包有财一家念叨起来："医生都说治不好了，你包有财还不信，硬是把值钱的家当整得精光，接下来这日子还怎么过啊？"突然一个疑团跳上胸口，堵得包队长发慌：包有财家早已穷得揭不开锅，能煮什么好吃的？莫非……

包队长站到丑妞跟前的时候，她紧张得把右手的四根手指头塞进嘴巴里不肯拿出来。包队长说："丑妞好乖哟，不跟妈妈上山，在家里好好养病就对了。"丑妞的紧张似乎有所缓解，她把手拿出来，不好意思地喊了声："阿公。"包队长又问丑妞："妈妈回家给你煮什么好吃的？能不能叫阿公也来尝一口？"这句话又把丑妞的头说低了，她再次把手指伸进嘴巴里，眼睛盯着地面，一双小脚不停地磨着地，直把地面蹭出个小窟窿，还是不说话。

包队长的牛劲也上来了，心里狠狠地骂着包有财：他娘的包有财，狗屁护笋英雄，准是偷笋偷到自己队上来了！他从口袋摸出一粒糖果，对丑妞说："你是阿公的小乖乖，你告诉阿公你家是不是吃笋啦？"见丑妞没回答，他又哄道："你是好孩子，好孩子不撒谎哩。"见丑妞的嘴巴还是没动静，包队长就许诺："你对阿公说真话阿公绝不告诉其他人！"渐渐地，丑妞敢于抬头贪婪地看着糖果了，只是不敢伸手去接。包队长把糖果塞到丑妞手里，说："你不说就不要说嘛，拿糖啊？"丑妞没接，他就剥去糖纸把糖塞进她嘴里。

丑妞慢慢地吮着甜甜的糖果，脸上渐渐露出笑容。

包队长抱起丑妞，看着她慢慢地吮着糖果，他使劲地咽了口唾沫。丑妞差不多把糖果吃完的时候，包队长再次问她："这几天家里有没有吃笋？"丑妞立即把一根手指头放到吮着糖果的嘴巴前，嘘了一声。她机灵

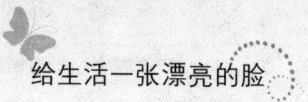

地看了看四周，一只手把包队长的头颅扳低，附在他的耳朵上说："妈妈说我们吃了笋可不能告诉人，你不告诉人我才告诉你的。"包队长点点头，然后又摇摇头。丑妞拉着包队长的一只手，只见她把小手指搭在包队长的小指上念道：拉钩上吊，一百年不许变，谁"告诉人"就是乌龟王八蛋。

包队长突然记起什么似的，把丑妞放回到椅子上说：阿公要回家了。

包队长再次出现在丑妞眼前，手里拿着根绳子。丑妞兴高采烈地说："爸爸让我告诉你，他上你家自首了。阿公，什么叫自首？"

包队长僵在了那里，半晌回不过神来。耳边又响起丑妞的话："爸爸说他可能要出远门，好几天以后才能回来，回家的时候带糖果给我吃……"

包队长狠狠地把绳子一扬，抱起丑妞，在她苍白的脸蛋上亲了一口说："走，阿公家还有糖，咱们吃去。"

只要男女真心相爱，即使终了不成眷属，也还是甜蜜的。

——丁尼生

舞姿

有时别人早已转身过去好几拍了，他还在原地发愣，左右不得法的模样叫围观的人笑得捧腹。如果除去他舞动的双手，还真像极了一个陀螺，正被技艺生疏的玩家抽打着转呢。

　　不到六点，玫瑰花园住宅小区的中心游乐场就响起了音乐：嘭嚓嘭嚓嘭嚓……节奏明朗欢快，让人的脚底即刻生出股想跳跃想旋转的冲动来。

　　不一会儿，游乐场上聚集了几十号人，再过几十分钟，人越聚越多，百来号"舞娘"，清一色妈字辈。腾、挪、扭、甩十八般舞艺全用上，胖、瘦、均等身材全都有，唯独不见男子汉，纯粹半边天。这是自从小区健身舞开跳以来的一贯状态，舞场外圈有几位上了年纪的大妈大伯在观望，也有中青年男子偶尔驻足，就是没见他们进入舞池。年纪大的嫌自己的舞姿不美，步子也迈不开，又怕万一甩闪了腰，扭崴了脚。再说那些偶尔驻足的男子，谁又愿意做那第一个吃螃蟹的人？

　　话说这天傍晚，强劲音乐在玫瑰花园小区响起，一如往常，游乐场上渐渐聚集了众多的舞娘，她们虽然不是很年轻，但也舞出了青春的旋律，叫路过的男人们眼花缭乱，叫游乐场周边的老伯大娘们生出些年轻的心思来。看着那些婀娜多姿的身影，人人都觉得自己年轻了几岁、几十岁。

　　突然一个矮胖如天线宝宝般的身影闯入了禁地，游乐场周边街道微弱的灯光把他花白的头发映衬得很斑驳。老人先是在舞池边上跟着跳，一会儿东一会儿西，一会儿抬腿一会儿踢腿。有时别人早已转身过去好几拍了，他还在原地发愣，左右不得法的模样叫围观的人笑得捧腹。如果除去他舞动的双手，还真像极了一个陀螺，正被技艺生疏的玩家抽打着转呢。

这时音乐停歇的空当，舞池正中走出来个人，只见她径直走向老人，强拉起老人的手想把他拖出去，老人明显不愿意走。女人就使出大劲来拖，老人把手往后一抽，估计是用劲太大，一屁股坐在了地上。在众人的笑声里，老人一骨碌爬起来，干脆跑进舞池中央，跟着音乐乐颠颠地扭起来。

女人没招了，双手叉腰站在一旁，大概是气极了吧。

又一曲播放完毕，女人进入舞池又要拽老人出来。老人大声求道："闺女，就让爹多学跳舞吧，学了好教你妈跳啊，行不？"那语气里满是恳切满是期待。舞池里就有人接话了：就让老人跳吧，又没碍着谁！"就是"声响成一片，女人无奈地摇摇头，没了跳舞的雅兴，抱手站一旁观看着。

为了不让跳舞影响到小区里人们正常的生活秩序，舞曲播到八点就停了，舞娘们渐渐散去，老人还在原来的位置认真地学着。简单的八步、九步、十步，他能学得像模像样，但是到了十步以上的，他就记不全了，不是左右转错了，就是忘了前后挪步。老人的女儿则站在一旁熟视无睹的样子，有几个后走的舞娘看不下去了，主动当起了老人的教练。

次日晚上，也是如此。一连好几天都这样，慢慢地，老人的舞跳得越来越好，到舞池来跳舞的人渐渐有了不同的年龄层次，甚至那些八十岁以上的小区老人也加入到舞蹈的行列。

一天晚上，一个大妈在舞池里问老人的女儿，你妈来没？女人摇头。大妈接着说：应该喊你妈也来跳舞啊？女人不停地边跳边说着家事："我妈早年就去世了，妈去世后爸的神志时而清醒时而糊涂，直到小区里开始了健身舞，他才慢慢好转。"女人还说："我爸年轻时曾经当过舞蹈教练……"

支配战士的行动的是信仰。他能够忍受一切艰难痛苦，而达到他所选定的目标。

——巴金

天平

看看两位可怜的老人，天平有时觉得自己真有罪，觉得自己不该判他们的儿子离婚，或许两位老人的失子之痛就能免除……

天平是法官，原名田平，因为他办案刚正不阿，人们给他取了个谐音外号，天平。

谁不知道天平是无私的象征啊！

无私的天平法官这段日子却挨了不少骂，骂声不择时间、不分场合。有时在上班时间的办公室，有时在下班时间的法院门口。

昨天上午，天平刚上班，又被拦在了办公室门口。

女人骂："你这个吃人的天平，还我儿子！"

男人骂："你办案草率，我喊你狗屁天平！"

男人和女人都是边流泪边骂着。

天平一个同科室的同事见状，要叫保卫科把骂人的轰走或者扭送派出所。

被天平拦下了。

天平说："他们骂骂心里会好受些，由他们去吧我又不会亏损什么，只要自己做事问心无愧就成。"

天平挨骂是因为一起离婚案件。

其实，那个离婚案件天平没判错。还是像架天平，没有倾向哪一方。天平知道，女方要男方支付的子女抚养费不算多，两万。

当初，男方来递交答辩状的时候，天平出于法官的职责，告诉过他：

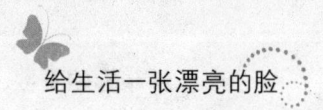

答应离婚就要交付子女抚养费。木讷的男人也许没听清楚或没理解天平的话，快速递交了"同意离婚"的答辩状。

也许是被"吵闹婚姻"桎梏得太久了。

天平这样想着，就没有再对男人作过多的解释。

本来，男人可以追回"因结婚导致家庭经济困难的部分彩礼钱"，男人却没有提供有利又有力的证据。于是，没了妻儿还要出钱。

人财两空，木讷的男人由轻度精神抑郁症发展为精神分裂，离家出走下落不明。

男人的父母寻子未果，就来骂办案的天平，骂天平断案不公，骂天平枉为天平。

天平把怒气强压在心底，心里想着的还是无私的天平，左肩上放着情理，右肩上放置了法理。

看看两位可怜的老人，天平有时觉得自己真有罪，觉得自己不该判他们的儿子离婚，或许两位老人的失子之痛就能免除……

两位老人骂过天平多次后，特别是在同事要叫保卫科被天平拦下之后，渐渐醒悟。他们还是常常到天平办公室，边流泪边问天平怎么办。

每次，天平的心都被揪得很紧，他下定决心帮老人一把。

天平掏钱到电视台，登了寻人启事：本人天平，有一弟弟不幸走失，年龄……衣着……定当面重谢！

天平又印发了传单，到大街小巷分发。

一天又一天，终于有人替天平找到了"走失的兄弟"。

天平看着一副憨态的"兄弟"，脑海里又出现两位老人绝望的神情。

天平把傻"兄弟"送进了精神病院。

三个月后，天平领两位老人去接病愈的"兄弟"出院。

"兄弟"见了天平的面，第一句话就说："狗屁天平！"

在两位老人的一再解释下，"兄弟"跪在了天平面前，声泪俱下地喊："我的好哥哥……"

友谊是一种相互吸引的感情，因此它是可遇而不可求的。

——罗兰

第三辑

阳台上的风景

　　她说，我是想让你爸多看看这里的青山绿水，终究他没来过你们这里，不知道他最爱的油菜花有多黄，不知道这边的季节变化和我们那边有什么不同。

顽皮

小男孩泪流满面，那只与小男孩有着同样昵称的母狗浑身是伤。狗毛上结满了血痂，有一只狗腿是瘸的。显然，它刚刚经历了一场大战，是一场带孕出征的战争。

上午，小男孩的屁股被上厝阿井家的母狗大黑咬开了花。

趁父母午睡，小男孩打开后门，探出头轻叫隔壁邻居家的母狗："顽皮！顽皮！"本来眯盹着双眼的母狗慈爱地朝小男孩摇了摇尾巴，随着小男孩的手势慢慢靠了过去。

小男孩把双掌卷成筒状，他要对母狗说的话像倒豆子似的进了母狗耳朵。"妈妈叫我离你远一点，因为你快当妈妈了，妈妈说等你当了妈妈也会像大黑一样咬人。"小男孩说不准母狗到时候会不会咬人，于是蹲下身子，双手捧起母狗的尖嘴巴说："老师说咬人就不是好孩子，大黑咬我屁股了，大黑不是好孩子。"

母狗还是一副困倦的样子，趴在小男孩跟前，吐着舌头喘着气。

小男孩似乎生气了，他起身用食指戳着狗头轻轻骂道："臭顽皮、坏顽皮，大黑咬我屁股了你也不给我报仇，还不理我，我不和你好了！"

小男孩把身子退进门里边，剩头颅夹在门缝上，做关门状。

不到一分钟，门又开了。

小男孩将裤子拉下一点、露出伤口给母狗看。母狗顿时不安分起来，嘴巴呜呜有声，舌头不停地舔着小男孩屁股上那一大块黑紫色的牙痕、暗红色的血痂。小男孩有点羞怕让人看见，把裤子往上拉了拉，母狗用嘴巴把小男孩的裤子又拖了下去。小男孩一急，又把裤子往上拉去，母狗将裤子紧紧拖住不松口，似乎它还没看够。小男孩拗不过母狗，只好把狗带进门里面，关好门再把伤口给狗看，让它看个够舔个够。

这时，母狗的呜呜声惊动了楼上小男孩的父母。父亲大着嗓门问："顽皮，你还在玩狗吗？你再玩狗爸爸妈妈就不要你了！"小男孩赶紧开门让母狗离开。一边回答说"没有玩，我就是和顽皮说说话。"

小男孩的父母下楼来的时候，母狗正在门外使劲挠着门，一边挠一边呜呜咽咽地哀鸣。小男孩的母亲把他带上楼，男孩的父亲开门把母狗臭骂一顿。

三口人都上了二楼之后还听见母狗呜咽的声音。

小男孩的母亲说："今天这狗真是疯了！"

小男孩走到二楼窗外的走廊上，探出头对母狗说："顽皮乖乖你去睡觉吧。我的屁股是阿井家的大黑咬的，什么时候你去给我报仇？"说完话，小男孩显得很满意。

小男孩很高兴地躺到了母亲的身边，不久，他的呼吸声就均匀了。

小男孩还在睡梦里，楼下传来上厝阿井的叫骂声："你儿子被母狗咬了也没必要对我家小狗下这样的毒手啊！""什么狗屁知识分子，我家母狗咬你们家儿子，你们就去打死它的四只小狗，你们和母狗有什么区别！"

小男孩的父亲下楼与阿井解释，但是怎么也不能让对方相信，于是双方大声对骂起来。

小男孩和那只被他称作顽皮的母狗出现在众人面前的时候，大家都惊呆了。

小男孩泪流满面，那只与小男孩有着同样昵称的母狗浑身是伤。狗毛上结满了血痂，有一只狗腿是瘸的。显然，它刚刚经历了一场大战，是一场带孕出征的战争。

母爱是多么强烈，自私，狂热地占据我们整个心灵的感情。

——邓肯

一炷香的情谊

阿成说，只有两个人都读书或者都不读书才能做成永远的朋友。

　　阿成觉得这天已经阴得太久了。自从阿毛夫妇出事那天开始就没晴过。

　　阿成和阿毛是穿开裆裤时结交的朋友。小学一年级他们就是同学，阿毛从小脑子就活络，但是不肯用心读书。阿成很内向，学习成绩也好。小学毕业后，阿毛怎么都不愿上学了。因为阿毛不上学，阿成也不肯上学了。因这事，阿成爸妈没少埋怨阿毛。阿毛也没少劝阿成，阿成就是铁定了主意，不做更改。阿成说，只有两个人都读书或者都不读书才能做成永远的朋友。

　　不读书的阿成、阿毛还是出双入对的好朋友。

　　成年后的阿毛没几年折腾，就混出个人模人样来：在村里率先盖起了砖制楼房，还骑上了摩托车。阿成却一直没能脱贫，好像富贵二字有意躲着他。每当阿毛骑着摩托车呼啸着往县城方向开去的时候，阿成就在心里想：当年若是好好读书，如今也不亚于阿毛。阿毛每次要去县城，都先到阿成家里问，要不要带去买点什么。如果，阿成家什么都不需要买，阿毛也会从县城里给阿成的儿子带些零食和玩具。

　　村里人人都知道阿成、阿毛是从来没翻脸闹过别扭的好朋友。

这几个月以来，阿毛的脸色阴得可怕。阿成想避开阿毛的阴沉脸，不论在路上、家里还是山上，阿成总是躲避不成功。

一次，阿成站在密密匝匝的玉米地里，眼望着一束束头顶棕色绿色红色毛须的玉米棒子，说：快长吧乖乖，把粒儿长得饱满点、长得大点，多换点钱……正在心里这样说着，就看见阿毛在远远的山冈上冒出来，还是穿着那套泥黄色的西装。虽然人影还在几千米开外的山冈，但是阿成心里断定他就是阿毛。

阿成立即猫下身子钻进玉米树丛里。像前几回一样，阿成还是想躲开阿毛，因为他欠阿毛五万元钱。包括承包这片玉米地的款子，也是阿毛夫妇瞒着其他的亲友借给阿成的。

阿成把身子抱作一团蹲着，一动不动。他真恨不得自己此刻就是地里的一粒沙石，让阿毛无法找到。可是阿毛还是在片刻间就站到了他阿成的跟前，拿双眼瞪他，直瞪得阿成的身子往泥土里不住地下沉、下沉。

阿成惊出一身冷汗。

还有一回，阿成站在自家后院的牛圈边，望着长得正欢的牛犊，想着牛犊上市能值多少钱。听见阿毛在敲门，用尖尖的声音喊："你奶的阿成快出来！"这是阿毛在生气时喊阿成的专用语。不论阿毛在家里跟老婆阿清拌嘴生气还是在村外受城里人的憋屈，他都会跑来这样喊阿成。这话在阿成的门墙外已经飘荡过四十多个春秋。阿成每次听见它都应声"就来"，立即放下手头正忙的活，跑去开门，问阿毛："上哪儿？"

年少时，他们通常上山朝大树上的鸟巢吆喝，直到把鸟妈妈赶跑，把鸟儿或鸟蛋抓回家来。长大后，他们不再上山发泄，把矛头对准酒店，一杯又一杯地，似乎要把小店里所有酒坛子喝干喝破。

四十多年来，阿成一直很爱听阿毛生气时对他的那句呼叫。

这回例外。

这回的话一入耳，阿成就浑身起疙瘩地哆嗦起来。阿成没接腔。阿成想：只要不做声，阿毛就会以为他不在家。就算老婆开了门，料想阿毛也不会到牛圈那儿找他去。

为确保万无一失地避开阿毛，阿成打开后院的小门准备到后山上躲一躲。

门一开，阿毛夫妇堵住了去路。阿成一连往后退了好几步。阿毛拿眼

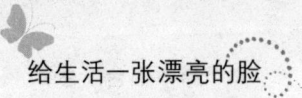

瞪着阿成的脸，一声不发。阿毛身后阿清的声音还是那样幽幽的："这钱是为我家小毛上大学准备的，借给你用几年；天知地知你知我夫妇俩知的事，你别说出去啊？免得那些亲戚嚷嚷我们胳膊肘往外拐……"随着这柔声细气的话语，阿毛身后闪现出了满身满脸血渍的阿清。这时阿毛的全身也现出了浸在血泊里的颜色。阿成大叫一声，从床上坐起来，又在灯下抽着闷烟到天亮。

次日，阿成到阿毛家。阿成要对小毛说一句话。

阿成告诉小毛："你爸妈在出车祸前借给我五万元钱，说是等你上大学的时候用。"

说过之后，阿成给阿毛夫妇的灵位上了一炷香。在袅袅升腾的香火烟雾里，阿成听见了阿毛家门口柳树上，枝丫间知了的聒噪。阿成向阿毛的遗像望了又望。阿成在心里说：阿毛，今天可天晴了！

可怕的还不是孤独和寂寞，而是你不得不同你不愿意交往的人打交道。

——何怀宏

阳台上的风景

走近山坡，老人显得异常兴奋，她指着路旁或者菜园里的绿色植物，不停地问这问那，简直像个小学生。来到一小畦油菜地，老人突然沉默了下来，拿眼睛怔怔地望着黄黄的油菜花和飞舞在花丛中的蝴蝶。

　　罗阳的妻子给他生了个大胖小子，家里缺老人照看。油菜花黄了成都城郊时节，罗阳把丈母娘接到了离成都千百里外的浙江山区。丈母娘初来乍到，成天站在罗阳家窗台朝远处张望，罗阳夫妇问老人是否思乡情切，老人说不是，张望张望对眼睛有好处。

　　女儿为消除母亲的思乡情早有准备：在母亲卧室挂父亲的遗像，在阳台上种植母亲喜爱的春兰。母亲是教师，她爱一如教师般朴实、清香淡雅的兰花。

　　自从在宽不足一米、长不足四米的阳台上种植了几盆春兰，罗阳就时常看见丈母娘脸上洋溢着笑容。他在心里暗叹：真是知母莫如女啊！但是，没过多久，丈母娘又在阳台上望着远方出神。

　　罗阳家的套房在六层楼，对面不远处有一片小山坡，山坡上除了一片竹园，还有几畦菜园子，种着芥菜、萝卜、甜菜、油菜。罗阳夫妇拿不准老人因什么对对面山坡情有独钟，就在闲暇时光带老人去了一趟。

　　走近山坡，老人显得异常兴奋，她指着路旁或者菜园里的绿色植物，不停地问这问那，简直像个小学生。来到一小畦油菜地，老人突然沉默了下来，拿眼睛怔怔地望着黄黄的油菜花和飞舞在花丛中的蝴蝶。

罗阳夫妇终于解开了心中谜团。

回家后，罗阳立即动手，移植几株开得正旺的油菜花到阳台上一个大盆子里。被移植过来的油菜花虽没有山坡那边的艳丽，总该能慰藉老人的思乡情了吧。罗阳这样想着，也时常关注着阳台上油菜花的变化，昨天落了几瓣花，今天花落几瓣。终于，花落尽，果挂树，老人又开始了阳台上的张望。只要有一点点的空闲时间，她就站到阳台上，有时怀里抱着孩子，有时手里拿着扫帚什么的。

罗阳夫妇担心老人憋出病来，干脆提出送老人回成都。这回老人不答应了，她说："我回去了孩子怎么办？我就这么一个孙子，交给别人看管我可不放心！"

老人得知了小夫妻俩的担忧，最终说出张望的原因。她说，我是想让你爸多看看这里的青山绿水，终究他没来过你们这里，不知道他最爱的油菜花有多黄，不知道这边的季节变化和我们那边有什么不同……罗阳夫妇听后愣怔了半晌，回不过神来，心中让一种情愫给震住了。

当初罗阳的妻子定要远嫁他乡时，老丈人是何等反对，反对失效只得放行，宣称从此不管女儿死活。临死前，他把眼角膜移植给患白内障失明的老伴，交代道："有机会的话替我多看看那边的山水，尤其是油菜花。"

此后，罗阳家的阳台随着季节更替，不断变换着色彩。"黄的、绿的、白的、兰的、紫的……道尽人间色彩词汇，也说不完其中曼妙。"这是罗阳丈母娘的原话。

美好的东西时常是由于它是真诚的。

——罗兰

我要请客

结果是，偌大的一个县城竟然找不到我要请客吃饭表达幸福言说感谢的地方！

　　我虽说是机关干部，但是与科长、局长、部长等带帽的头衔沾不上半点边。所以难得遇到些荣耀的事，比如被科长赞美，比如受领导关照或问候几句。

　　但是这几日让我感到三生有幸的这类事情却频频发生了。我就想啊：到底是福星移转它的光芒照射到我的头顶呢，还是我一不小心踩到了福星高照的光晕里了？

　　早上，许科长问我：近年来住在 60 平方的小套房里适不适应？处于九层楼的第一层光线是不是有碍看书码字？我记得许科长是三年前的差不多这个时候跟我说过话，之后就从没和我打过招呼，更别说这般地嘘寒问暖了。你说我能有那么好的自制力，不让全身心飘飘然如神仙！

　　最值得一提的是，许科长还伸手类似我哥们的做派在我胸脯上捶了一拳。他叫我要好好工作，说领导的眼睛是雪亮的，都看在眼里。我一到办公室就给老婆发信息：领导好像要重用我了。

　　下午上班的路上碰见刘局长，刘局长也对我格外地和蔼起来。问我老婆的病是否有转机，问我儿子在学校是否肯上进……

　　嘿嘿，这个世界可真是美好啊！

下午我到办公室给老婆发了这样的信息：老婆大人，你走得真是亏了呀！如果你还在世的话一定不敢相信这是真的。这世道变化真快啊，昨天还在寒冬腊月里，今天就春回大地了。

原来我可从来没有发现身边这么多的和颜悦色啊。所以，我拿生命作证我确实想请一回客。

今天就请。

请上全科室所有值得请的人。

最值得请的人是许科长，他没有因为我以往屡次对他因分房不公的公开谩骂而怀恨在心。竟然考虑起我看书码字对光线的需求来，真不简单。

还有王科长、包科长、谢局长、刘局长、孙部长……都有被宴请的理由。

我走进王科长办公室，对他说请客的事。王科长不置可否地笑笑，又是答应又是没答应。

我走到包科长办公室，对他说请客的事。包科长也不置可否地笑笑，像是答应又像是没答应。

还有谢局长、刘局长、孙部长……他们的表情都好像从王科长那里复制而来。

三点半了，我通知完所有该宴请的人，赶紧打电话联系聚餐地点。

我给县城最大最有名望的"新世纪大酒店"打电话，答复是："先生对不起！我们这里的128间包厢全部客满。"

我给县城最豪华的"阳光温馨家园"打电话，对方的答复也是以"对不起"一句话。

接着，我朝县城东南西北各个方向拓展。结果是，偌大的一个县城竟然找不到我要请客吃饭表达幸福言说感谢的地方！

我找到至交老李头想法子。

老李头骂我一句呆头鹅。老李头还骂我一脸驴相也想挤进这样的热闹场面，赶场也不撒泡尿照照自己！在这换届选举的前夕哪有你老笨鹅请吃饭的地方……

老李头不想法子我就没有什么好法子。

下班前，我挨个向人作解释今天请客不成的原因。

"对不起，上档次的餐馆都客满，下次……"没等我把话说完，回答

的一方又是千篇一律的莞尔一笑，答："没关系，没关系，只要你老鹅做事对得起咱兄弟，吃不吃饭不要紧！"

哎呀呀……我老鹅啥时候竟成了领导的自家兄弟！你说这客我能不请吗？

走！瞧得起咱老鹅兄弟，我家喝一杯去！

为别人尽最大的力量，最后就是为自己尽最大的力量。
—— （英）罗斯金

刘老爹

初进高楼每听见有人叫他"刘老师",他心里的甜意就裹着羞涩漫上脸来,即刻漾成嘴角边的丝丝缕缕,这丝丝缕缕又迅即钻入喉咙,酝酿出来含糊不清的一个"哈"或"好"来,算是礼貌的回答。

刘老爹从小信奉:有奶就是娘,有钱就是爷。自从进入那个叫育苗的私立高中,刘老爹的爷娘就改名换姓了。刘老爹是到育苗高中当生活指导师,每月吃住免费还发800元的工资呢!从此,刘老爹结束了手握锄头、脸贴田头、背向日头的苦日子。这多亏了他小时候上过几年私塾,能写得一手好字。

那扇刻着"学高为师、身正为范"的大门啊!在门外,我刘老汉是地道的农民一个;迈进门里,我也是人人尊敬的刘老师啊!在刚获得上班通知的那一刻,刘老爹浑身上下每一个毛孔都在慨叹里跳动着。

初进高楼每听见有人叫他"刘老师",他心里的甜意就裹着羞涩漫上脸来,即刻漾成嘴角边的丝丝缕缕,这丝丝缕缕又迅即钻入喉咙,酝酿出来含糊不清的一个"哈"或"好"来,算是礼貌的回答。毕竟是与山冈绿野相伴了将近一个甲子的人了,初为人师难免有些不自在。他老伴却说,那些应答声多半是被幸福呛着了才含糊不清的。

刘老爹是个憨实的勤快人,一年到头也不见有几日歇着,平日里如果从山上、田里归来得早些,他都要扔下农具赶去接放学回家的孙子。有时他走到半路上就碰到背着个大书包的小孙子。"真像个负重的金龟呢！"他看在眼里疼在心里，赶忙接过书包。这时候孙子总会一边飞奔起来一边朝他喊："爷爷！我轻松得好像要飞起来了！"刘老爹刚到学校上班的头一两天，还真想喊出孙子的那句话哩！

生活指导师每天的工作内容，无非是些鸡毛蒜皮的小事：早上叫学生起床，晚上叫学生就寝，课间坐在值班室接接家长来电或搞搞楼道卫生。对这种用不着日头烘烤、风吹雨淋的工作，刘老爹很是满足了一阵子，只是他放心不下房前屋后那一块块补丁似的菜园子。

刘老爹坐在值班室一遍遍地往家里拨电话："老婆子，后门那个菜园子的菜苗长多高啦？""你去浇点水吧，今天日头毒着哪！""你拿石头给前门菜园子四周的塑料网压脚了吗？别让那些鸡鸭们钻进菜园去抢了口福！""该给菜上点肥料了，给它们捉虫子了没有？"老伴听得不耐烦了就回应他道："你怎么那么多事呢！田里那些苗苗是你家爷还是你的娘啊？"

刘老爹深知自家的婆娘从未下过地，根本不懂瓜果豆苗们的习性，只好一次次地请假往回跑。有时他到田头锄锄杂草再培点土或上点料，有时站到田里吸一会儿烟，一边顾自嘀咕着对老伴的不满：真是块不中用的老木头，就这么些苗苗都看不好！哎呀呀，这株被虫子咬成这样了！啧啧啧，那棵也被鸡啄掉了……每次从地里回来他就急匆匆地往学校赶去，每次都扔下一句不中听的话："莫亏待了它们！"让站在他身后的老伴噎着了似的发愣，听着就不满起来："我是个后娘吗？在亏待你的前妻啦？"

不论刘老爹哪回出学校的门，都要在门卫那儿填写"出门单"，而后由门卫上报学校后勤部存档。出门次数的多少与工资直接挂钩，每出门一次扣除当月月勤奖十元。

第一个月刘老爹的工资被扣除了一百五十元，这令他心痛不已，他打电话给老伴，说："那可是咱们家一年的农药钱呢！我的妈呀，这些人怎么就不把钱当钱了？一扣就这么狠！"老伴竭力宽慰他，劝他少回家或别回家，毕竟那些苗苗不如学校给的那些工资更能遂人心，放在兜里想买啥就能买啥。

第二个月，刘老爹尽量熬着少回家。据后勤部统计，他的出门次数不下十次。后勤部有规定：每位员工每月请假（出门）次数累计超过十次，连续三个月，作解聘处理。刘老爹干完两个月就主动提出辞职。老伴怪他不该轻易放弃已经上手的金盆盆，他吼道："你懂个屁！我甩了它总比它甩了我强！"说完，拿起刀和竹扁担就往山冈走去，边走边自言自语道："现在，老子想上哪儿就上哪儿！"

要把同道的人当作朋友，而不必把同利的人当作朋友。

——罗兰

城市与猪肺

乡亲们都猜：总有一天仓子会在城市里落脚、生根，当上真正的城里人。

我们家乡的穷小子仓子，去大城市打工已经有几个年头了。仓子外出打工的这些个年头，有变化。

仓子最初跟随做包工头的姨父进城，那时候他只身一人。三年五载，随着城市里一座座高楼拔地而起，仓子由独身一人住工地，发展到了一家三口共占城市的某个房间。

进城后的仓子不只是把妻儿挪到了城里，还让妻儿都穿戴上与城里人相差不远的服饰。至少，要叫城里人不会一眼看出我们是乡下人，要让乡下人一眼就看出我们像城里人。仓子把妻儿挪进城的时候就这样想。在乡亲们眼里，仓子一家人从起身进城那一刻起，就差不多是城里人了。乡亲们都说：你看，仓子一家的穿戴多么光鲜，多么得体！乡亲们还说：原先一日三餐吃了上顿愁下顿的仓子，真是傍上个好亲眷了！乡亲们都猜：总有一天仓子会在城市里落脚、生根，当上真正的城里人。

据到城里受过仓子招待的乡亲说，仓子积攒了不下十万元的存款，准备把房子买在城里呢。人们就议论仓子买的房子该在城市的东面呢还是西面，是买套房呢还是楼房……

今年初春，已经有好几年没有回家乡的仓子突然回来。他对租种他家田地的三叔四伯说：今年的田地我自己要耕种……下半年回乡重建房子。

仓子这么一说，简直给村里扔下一枚威力不小的手雷，把村人的思维都炸晕了。

秋高气爽时节，仓子回家乡一鼓作气建好了他的新房子。雪白的墙壁，光溜溜的青石地板，进入过他家的人都说好像走进了水晶宫。当然人们都没见过水晶宫，只是感觉在水晶宫里应该就像在仓子的家里一样舒服。

在村里几十座民房中，仓子的房子以一种鹤立鸡群的姿态吸引着大众的目光。明眼人都知道，仓子建这房是花了心思的。但是，在乡亲们的艳羡里，仓子却无数次地发出几近哀叹的气息。

新房子完工后，一般人家都要办"圆工酒"，庆祝新房圆满建成。酒席有好有差，但是不成文的规矩是家家遵循的：不上猪肺。祖祖辈辈村里就流传着一句俚语：猪肉好吃上得了酒席，猪肺好吃上不了台面。

仓子家的"圆工酒"例外。

仓子让猪肺作了酒席的开篇菜。仓子再次把村人弄得一头雾水。有人在酒席间就骂开了。有人把在心中差不多要憋得发霉的问题也抖搂出来：花这么多钱把房子建在这山旮旯里，怎么就不建到城市去？言外之意是你仓子若有本事把房子建在城市里，也省得我们来喝酒，被你仓子当猪肺轻慢！

仓子到每一桌一一道过歉。然后仓子问大伙：你们知道城市的滋味吗？众人你一言我一语地，又开始闹哄哄起来。最后在上第三碗菜的时候，仓子总结地说：对！城市里人多、房多、漂亮衣服多；城市里路好、吃好、服务态度好；还有很多很多的好……可是我们乡下人在城市里的滋味是什么？

仓子正叫得起劲，被妻子一把拽走，留下一张张带有疑问的脸继续吃喝。

"圆工酒"之后，三叔四伯们陆陆续续听说了仓子在城市里的事。其中之一是这样的：仓子一家爱吃猪肺，到了城里发现那儿的猪肺很便宜，于是就天天买天天吃。菜场里的杀猪师傅都认得他，每天见到他就叫他买猪肺。有一天，仓子到菜场发现了一个新面孔的师傅，就在那个摊子前面停下买了三串猪肺。师傅递给仓子猪肺的同时问道："你买这么多猪肺，

你们家一共养了几条狗?"仓子稍稍愣怔的同时,传来了一片哄笑声。仓子转身离开。身后有低低的声音夹杂在笑声里,最少也有四五条咯……

　　仓子走出菜场,把三串猪肺狠狠地砸向附近的垃圾房。这时,一条毛色邋遢的瘦狗怯怯地向仓子扔的猪肺靠拢,夹着尾巴、警惕地偷觑着呆立着的仓子。倏地,那狗叨起猪肺狂奔起来,生怕仓子反悔要抢回去。

　　仓子回家对妻说:今后不许再买猪肺。

　　从那以后仓子一家没有再在城市里买过猪肺。在很长一段时间里,仓子逢人就说:城市里猪肺的味道都无比的馊!

>>>
人生如花,而爱便是花的蜜。
　　　　——莎士比亚

算命

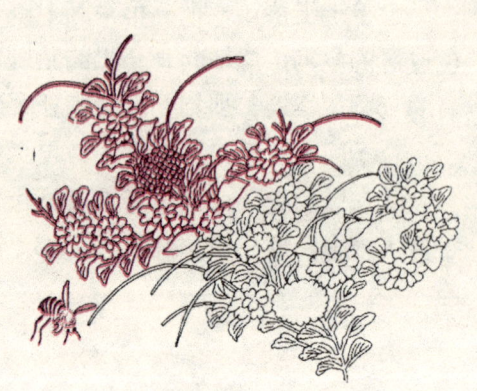

如今想来，假如当初九岁的我，不对观花婆的问题——作答，不把家里的情况告诉他，劳苦的奶奶一定会长寿许多。

家乡人常给死人算命，称作观花。

会观花的人往往半疯癫，人称观花婆，有别于常态人。观花婆有别于一般意义上的算命先生，带有点蔑视意味。为尊敬起见，我还是称之为算命先生吧。

此人命硬。

这是算命先生摆开爷爷的生辰八字，给爷爷算命时说的第一句话。

身带克妻命，要与身犯克夫命的女人相配。

这是算命先生说的第二句关于爷爷命运的话。

家人都说：准！特准！

要不然，爷爷怎么会连娶二房都没能留下一子半女的就撒手走了呢！二房即我的二奶奶，还把已经伸出一条小腿的娃娃一同带走了呢！

他的命不好，运道还好。

当算命先生说出这第三句话后，我的大伯简直要对他下跪，顶礼膜拜尊为神仙了。

奶奶就是人们说的克夫命，在她的丈夫死后带着我大伯和大姑转嫁到爷爷家。在死过两房妻室后，爷爷还能有个像样的家，还能儿孙满堂，爷爷的运道不要经过揣算也能一目了然。

是好啊。我们这群子子孙孙不都站在观花婆设的坛前吗？我在心里这样自言自语，忍不住对那位为爷爷观花的人心存不敬起来。

这是爷爷去世的周年纪念日，我的叔伯姑姑们遵照奶奶的旨意为爷爷请观花先生，给爷爷算命。

奶奶担心爷爷把克妻命带到"那边"，还做个命硬的人。

算命先生在袅袅升腾的香烟中左跳右蹈，对香炉连连作揖，口中念念有词，不一会儿就进入状态即俗称的"现身"：他以爷爷的口吻述说在"那边"的生活状况。

此时，人们眼里的算命先生就是我的爷爷，据说是我爷爷的魂魄附在他体上所致。

爷爷说："我还有一点小东西没带走。"他没说具体是什么东西。

奶奶到爷爷生前的卧房寻找，果然发现一双爷爷的丝袜。丝袜被拴在窗台的木框上，作把手。

大伯接过丝袜，对爷爷说："明天到你坟前烧给你。"

接着爷爷述说了他在"那边"的大致生活状况：生前体弱多病不会生育的大奶奶，到"那边"很健康地生下了两男两女；那个在二奶奶身体里没有完全跑出来的是个儿子，他现在也很健康、活泼、可爱……

叔伯姑姑们听了十分满意，由衷地为爷爷感到高兴。

尤其是憨憨的大伯，虽然不是爷爷亲生的，但是他感怀爷爷的养育恩情。他听得爷爷的生活状况后，高兴得直抹眼泪。

大伯搓着手，奔跑在楼上楼下的梯道上，喜讯一次次由他传递给坐在楼上避嫌的奶奶。我听见他对奶奶说："阿爹终于幸福了，不再命硬了！"然后就传来奶奶的抽泣声，大姑姑说那是幸福的眼泪。

不知道什么时候，人们发现奶奶已经站到观花的坛前，满脸羡慕地关注着"爷爷"的一举一动。

大伯轻轻劝说奶奶上楼，奶奶摇摇头，执意要站着。

奶奶叫大伯转告一个问题：在"那边"和两房妻室都和睦吗？

"爷爷"乐呵呵地答："很和睦，等以后你们的妈妈再过来团聚也更热闹了！"

"爷爷"的这种轻快语气是生前未曾有过的，奶奶听着幸福得简直要飞起来了。

奶奶突然跳入坛中，一双手伸到"那边"的世界抓住"爷爷"的手臂拼命摇晃起来，大声地叫"爷爷"这就带她去。

算命先生突然打了一个长嗝，呆立在那里。他不解地望着双手紧拽着他臂膀的奶奶，说："魂魄跑了，谁吓着他了！"

奶奶瘫倒在地，从此卧床不起。不久也到爷爷"那边"去了。

如今想来，假如当初九岁的我，不对观花婆的问题——作答，不把家里的情况告诉他，劳苦的奶奶一定会长寿许多。

我是幸福的，因为我爱，因为我有爱。
　　　　　　　　　　　　——白朗宁

心愿

到了樟树的枝干，才安静下来。突然，根旺叔的手像被蜜蜂蜇了似的抖了一下，接着，他的手在树身上摩挲几个来回，停住了。永远停住了。

香樟村八十高龄的根旺叔突然倒下了。

昏迷五天五夜的根旺叔迟迟不肯咽下那口气，他的子孙们轮番守在床前。

"可怜的老隋啊，躺了两年的床临终前想喝上一口香樟树旁的井水都难。听说他讨了好几次水，儿子都拿自来水蒙他！"

"老太婆你担心个啥？轮到咱们快走的时候，事先到香樟树旁舀一缸井水喝了不就成啦！"

想起父母亲多年前的这段对话，根旺叔的大儿子拿上他爹平时喝茶用的大瓷缸，到香樟树下。

香樟树上挂着一块牌子，牌子上写着"香樟古树，800年树龄，县文物局立"。八百年的老树却郁郁苍苍一点不见老态，光这一点就让村里人对它刮目相看，当然更让村人对之心存感激的是它守护着身旁的那口井，几百年来从不枯竭。那井水冬暖夏凉，清香中带着甘甜。每当夏季自来水厂停止供水，村人就陆续到樟树下，等候水井的恩赐。有时取水的人排成长龙，一时半会儿没轮上接水的人就坐在树下纳凉，闻着香樟的体香，陶醉的村人就生出些许人生感慨来：这树多像咱娘亲啊，日夜守护咱村子。有人又说，这井多像咱娘亲啊，她哺育着咱村人。

于是，香樟树和那井都长在了一代代香樟村人的心头，像子女对母亲的记挂、对母亲的依恋。

大儿子取来水对爹说，这是正宗的香樟井水，爹你尝尝。

根旺叔蠕动着双唇，竟然咽下好几口井水，瓷缸被拿开时根旺叔还在咂巴着双唇，像婴儿刚吃过奶的嘴巴留恋母亲的乳头。然后头一歪，似乎驾鹤西去。哭声雷动起来的时候，根旺叔身上又有了动静，双唇在蠕动，有轻微的声音，似乎在说"香"字。

儿媳妇想到了一个细节。

是一个秋季收割稻谷时，她把茶水点心送到香樟树下，招呼在田里劳作的人们歇息解渴充饥。根旺叔一到树下就伸手捡起地上的几片樟树叶子，送到鼻跟前深深地吸，似乎要把樟树叶子的香气，当作茶点全部吞进肚里。

儿媳赶忙来到村尾香樟树下，伸手摘了几片红透的樟树叶。放到老人鼻翼说，爹，这是香樟树叶，你闻闻。

樟树叶子一到根旺叔的鼻前，他的呼吸便欢快起来。

吸了几分钟樟树叶的气息，根旺叔的嘴里有了清晰的声音。尽管微弱，但是能让家人听得到。

"去——樟树——"

在众人惊讶得如听天籁时，根旺叔又重复了几遍。

接着，家人在根旺叔反反复复的念叨声里将他抬到香樟树下。

根旺叔的儿子说，爹还要看护他耕耘了一辈子的田地。

根旺叔的儿媳说，稻谷已扬花，爹想再为咱吆喝一阵稻田里的麻雀。

根旺叔那读小学五年级的孙子却说，爷爷要到樟树下做樟树叶串成的环，挂我脖子上，让我闻到奶奶的香味。

那年，根旺叔正在田里劳作，根旺婶送茶水到香樟树下，一坐下来就睡过去没再醒来。事后根旺叔常对小孙子说，你奶奶真会挑地方，从这里出发走进天堂多好，树香稻香水香一切都是香喷喷的，她到天堂也会香喷喷的了。

根旺叔被家人抬到香樟树下时，他的双手开始不安地朝左右轻轻地摸

索，直到他的手指触摸到了樟树的枝干，才安静下来。突然，根旺叔的手像被蜜蜂蜇了似的抖了一下，接着，他的手在树身上摩挲几个来回，停住了。永远停住了。

根旺叔的手停止在了香樟树上，他的呼吸也停止在了香樟树上。

为着品德而去眷恋一个情人，总是一件很美的事。

——柏拉图

小草

住到学校的小草，每夜到梅子房间外叫开门。听到叫门声的同事都说小草傻帽一个，也都说梅子的良心让狼狗叼走了，怎么就整夜让人家站在门外受冻呢。

男人叫小草，人如其名，看起来就是一株长在路旁、毫不起眼的小草，纤细柔弱。

野火烧不尽，春风吹又生。小草有的是韧劲，人人都这么说，他是一条韧劲十足的"竹鞭草"。你用一只手去拔"竹鞭草"，它一动不动；你改用两只手齐心协力地拽它，它舍弃给你一小截嫩嫩的芽，它不会连根给你。竹鞭草这就把根留住了，生生不息。

小草遇上梅子的执着是很偶然的事。在一次语文组教研会上，梅子的上岗公开课——《小草》，很糟糕，糟糕得同事不忍心或是不愿意给她点评。大家都知道，像梅子这样的代课老师学校里年年要找，没有一个教学功底是过硬的，也就年年走马观花地换人。学校缺人又没有正式编制的老师愿意来，毕竟是落后的山区啊。

课后，梅子认真地向小草讨教。她说："马老师，请您无论如何给我评评课，好吗？"有近十年教龄兼是语文教研组长的小草就委婉地给评了一阵。在小草的讲评过程中，梅子几次叫他讲得"慢一点""再慢一点"，她好认真地用左手一笔一画做下笔记。

小草在心中叹道：她不应该是这样的啊！如果右手不因小时候得脑膜炎而勾着、左右脚齐整点，她会写得快些好些，或者她就不会紧张得发抖，课也许会上得好些……

小草让思想开溜到梅子真诚俊秀的脸上时，耳边飘响了她柔柔的感谢，之后又悠悠地传来梅子的话："这一学年，我既然来代课了就想尽可能教得好些。如果马老师您有空常来听我的课，指导我就好了！我就能进步，有信心永远教下去。"末了，梅子轻轻叹了一声："你们真幸福啊，能永远和学生在一起！"

小草的心被梅子话中的"幸福"一词重重地触了一下，并隐隐地痛了很久。他开始重新审视自己的生活、自己的工作，不再厌倦一张张充满朝气的稚脸。细听一声声清脆响亮的上下课铃，他发现自己眼前的生活竟然是如此的踏实！在这安逸务实的日复一日里，小草弃教从商的念头深深地埋葬到了梅子对幸福的理解之中。

小草开始正视这个代课的女孩。

小草常去听梅子上课，他惊奇地发现她的任何一堂课都比《小草》好出几倍甚至几十倍。其实她是块教书的好料，小草心里这样想。每次听完课，小草都鼓励梅子："你很适合教书，继续努力！"

几年后，梅子由一个代课教师考取为正式教师，并成为地道的优秀教师、县教坛新秀，随后又被确定为县名师培养对象。这些都离不开小草的鼓励和帮助，梅子心里很清楚，她对小草的爱慕远远多过感激，苦于不敢表白。

眼看着梅子的进步，小草感到很欣慰，但他的这份高兴无人分享，除了拿分析性的语言和梅子商讨教学问题外，他无处把喜悦张扬开来。在小草心里，梅子仿佛是一枚由沙层覆盖的金子，他小草正是撩开沙层的那双手。是那双撩开沙层的手殷勤拭擦金子身上的粉尘，金子才发出应有的光芒。

小草追求梅子的时候遭到家人的一致反对。父亲说："如果你要娶那个走路像鸭子一样摇晃的女人，就别再踏进这个家门！"父亲的话掷地有声。小草就搬到学校去住。

住到学校的小草，每夜到梅子房间外叫开门。

听到叫门声的同事都说小草傻帽一个，也都说梅子的良心让狼狗叼走了，怎么就整夜让人家站在门外受冻呢。

次日，梅子的双眼通红通红的。学生们都知道梅老师经常患"红眼病"。

过完一个冬天，小草离开了学校，去了远方。

爱之花开放的地方，生命便能欣欣向荣。

——梵·高

如花

人们在心里为如花打抱不平，如花却把甜甜蜜蜜的日子写在花样的脸上、轻快的脚步里、悠扬的歌声中。

五十多岁的老裁缝喜得千金，取名如花，希望她长大后如花似玉。

如花八岁时捏拿针线做起女红来就有模有样，邻居们称她是"前生注定"的女孩儿。在我们这里，"前生注定"就是"地道""天生"的意思。

十二岁时如花嚷着要跟随六十多岁的裁缝父亲学手艺，扬言要把小有名气的父亲比下去，一派巾帼不让须眉的架势让老裁缝觉得很是自豪，有常挂在他嘴边的话为证："谁说女儿不如男？看看我家如花，就比男儿强！"

转眼间的工夫，如花就长成了大姑娘。

十八岁的如花姑娘出落得像鲜花般美丽，其手艺几乎与父亲的齐名。在众多的仰慕者中，如花选中了寡言少语的有财做新郎。

还没过完一年，有财就撇下如花远走他乡，做云游木匠，再也没回来。在空守有财家破落庭院的几年里，听说很多男人打过如花的主意，都没得逞。

又过了几年，如花凭手艺挣下了一份房产并乔迁到新居。这时的如花更是有了花的模样、花的风韵。她蓄起长头发，乌黑的长辫子随着她在缝纫机踏板上的双脚一下一下地游动，男人们就觉得如花的辫子上也长着一对炯亮忽闪的大眼睛在说话哩。

有财走后的第五年，如花把自己嫁给了另一个男人——有旺。婚事在如花自己的家操办，如花把它张罗得比第一次结婚时还像样。可是没过完蜜月，有旺也不要如花了，他放出话来说"如花不是个女人"。

有旺的话没人信。如花还是花一样地开在男人们的眼里、嘴里、心里。

如花嫁的第三个男人是人们眼里的狗屎。矮小丑陋不说，还是上了年纪的流浪汉，与二十八岁的如花可以父女相称。人们在心里为如花打抱不平，如花却把甜甜蜜蜜的日子写在花样的脸上、轻快的脚步里、悠扬的歌声中。

老头子六十岁那年正月，如花收留了一个乞丐女，痴痴呆呆的，长得倒有几分姿色。人们都劝如花，要收养也该养个聪明伶俐的男孩，好传宗接代。如花对人们的善意劝说只笑不答。

收留乞丐女不久的一天，如花家的老头子突然死在了床上。床前是哭天抢地的如花，床上躺着僵硬的老头子和光着身子的乞丐女。

邻居去搀扶哭天抢地中的如花时，无意碰歪了她的假乳房。如花就势将手伸到胸前，一把将多年来蓄意守护的两朵"女人花"扯下来，亮出自己"半男女"的身份。

如花在老头子的事情上着实悲伤了好一阵子。她对人说：我不该啊！要知道老头子会死，我就不要什么狗屁后代啦！

如花本想让乞丐女怀上老头子的孩子，然后自己装孕妇，最后就有自己的"亲骨肉"了。哪想会害了老头子啊！每次说着说着如花就泣不成声。

如花为老头子守满七七四十九天的孝，她穿了七七四十九天白衣，吃了七七四十九天素食。之后，再度让自己的胸前耸立起两朵挺拔的女人花。

不久，如花听从亲友的建议，领养了一个未满周岁的男孩，做起了真正的女人——母亲。

　　如今，如花的后人有的走出山区闯南走北，有的依旧在飞云江上游、珊溪水库一带辛苦劳作奋斗不息，如花奶奶的乐观、豁达、勤劳等诸多品质，似乎都成了血液流在他们的身上。

爱叫懦夫变得大胆，却叫勇士变成懦夫。
——莎士比亚

像

秦朝老汉开朗了许多，只见他小心地把党徽佩戴在胸前，双手轻轻抚摩着国旗，脸上显得异常有光彩，那是地震发生以来，第一次出现如此明朗的表情。

八十岁的秦朝老汉从废墟中被挖出来，在远方工作的子女正好赶到现场，左一声爹右一声爸，秦朝老汉都没有应答，固执地把手伸向眼睛，他要扯开蒙眼布。被制止一次又一次后，秦朝老汉用微弱的声音说：不让我看看救命恩人，总得让我知道是谁救了我吧！

看着现场，有穿绿色军装的，有穿白大褂的，有穿橘红色衣服和其他服装的解救人员，大儿子秦东概括地说："是党救的你。"秦朝老汉听后，努力地咧了咧嘴笑一笑，像是对救命恩人的感谢。干枯的嘴唇刚刚回归原位又扯开来，发出微弱的声音："党长啥样?"工作人员和子女们都劝："现在别说话，等以后……"

在医院里躺了一个多月，秦朝老汉一直嚷嚷要看看党，要看看自己的救命恩人，他想知道党长啥子模样。有一回，二儿子秦西被吵得没辙了，就给他唱起歌来：没有共产党就没有新中国……听着歌儿，秦朝老汉似乎清醒了许多，嘴里反复地念叨："是党救了我，是共产党救了我。"念叨了几天，秦朝老汉对陪伴他的二儿子秦西说："你上街给我买个党像吧? 我要带在身边，时刻记着人家的救命恩情。"

秦西带上秦朝老汉上街，在一个文具店前，秦西向店主说明了老人家想买党像的事，店主笑了笑，向秦朝老汉摇摇头。之后，每到一个店都是相同的答案：没有。

又到一家上档次上规模的文具店，秦朝老汉亲自开口询问。一位年轻漂亮的女店员回答说：老伯，你买不到党像的，党在天涯海角，在全国各地，在大街小巷，在大家的心里，没有做成"像"出售。秦朝老汉终有所悟，不再嚷嚷要买党像，医生看他闷闷不乐的样子，给秦西出了个主意：买个党徽、再买面国旗给老人试试。

秦西把党徽和国旗带进病房，告诉他这就是救命恩人像了。秦朝老汉开朗了许多，只见他小心地把党徽佩戴在胸前，双手轻轻抚摩着国旗，脸上显得异常有光彩，那是地震发生以来，第一次出现如此明朗的表情。

出院后的秦朝老汉住在儿子工作的城市里，负责接送读小学的孙子上学放学。孙子所在的学校每天一次升旗降旗仪式，升旗时间秦朝老汉不知道，降旗时间他很清楚：每天接孙子走出教室，国歌就响起来，国旗在歌声中徐徐降落。这是秦朝老汉特别兴奋的时刻，每当他看着徐徐而降的国旗，就不由自主地停止脚步，模仿着孙子和其他孩子，把右手高高举起，向国旗敬礼。

有一次，秦朝老汉发觉孙子在敬礼时不够专心，当即蹲下身子，狠狠地掐了一把孙子的小屁股。敬礼完毕后，孙子满脸带泪，向爷爷述说："我就是觉得奇怪，爷爷不是少先队员，为什么也敬礼，别人的家长都没敬礼。"秦朝老汉严肃地说："爷爷不是少先队员，但是比少先队员更应该敬礼，他是爷爷的救命恩人。"孙子又说："爷爷敬礼的手不能放在额头上。"于是，秦朝老汉请孙子做他的指导老师，教他怎么敬礼，孙子破涕为笑了。

回到家里，在孙子的指导下，秦朝老汉不厌其烦地练习敬礼的手势，直到孙子说正确为止。

之后，每当降旗，爷孙俩站在歌声里，纹丝不动，俨然两尊塑像。

一个永远不欣赏别人的人，也就是一个永远也不被别人欣赏的人。

——汪国真

寻找好领导

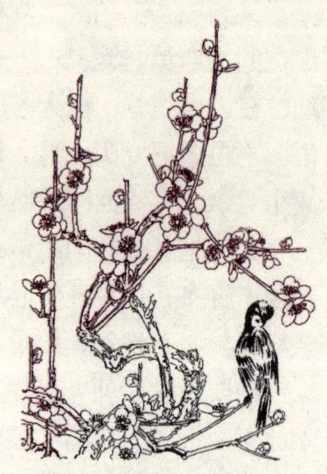

人们说这个领导长得精瘦精瘦，不像个领导。但
是人人都说，他是让人记忆最深的领导。

地震灾区的安抚搬迁工作基本完成后，县里决定对在灾区作出贡献的
好领导进行表彰。

好领导由灾民推举产生。

深入灾区群众调查的工作人员，了解到三位众口一词的好领导，但是
灾民都不知道他们的姓名。

每当地震来临，地动山摇之际，人人拼命往屋外逃跑。这位领导拿着
扬声器往屋里跑，一边跑一边对着扬声器用力喊："屋里还有人吗？快
跑啊!!"

在楼下喊了又到楼上喊，一层一层地喊，一座楼接一座楼地喊，从来
不会遗漏掉哪怕一座民房的任何一个楼层。

有时他在屋里揪出个糊涂小孩，有时他在屋里拽出个对地震见怪不怪
的成年人，有时他又背出个步履蹒跚的老人……

这位领导最后牺牲在喊人撤退的声音里——有座民房坍塌，他当时正
冲着屋子喊"快跑！"

人们说这个领导长得精瘦精瘦，不像个领导。但是人人都说，他是让
人记忆最深的领导。

地震灾区的领导很多，他们常常开会。

灾民不怎么关心领导的会议，但是有人记得 3 月 11 日领导开过一次会议。

人们这样说：会议进行过程中，轰隆隆地就来了地震，房屋剧烈地抖动起来，办公桌上的茶杯跳起了踢踏舞。

这时候，大大小小的领导们都急忙往外冲。"关键时刻安全第一"，这是领导的领导关照过的话，逃出屋子就成为理所当然。

屋子不摇晃了，虚惊一场的领导回到会议现场，发现了一个人，他还是正襟端坐在发言席上。

人们问他为什么不跑，他回答：作为领导，关键时刻怎么能逃！

参加这场会议的人当中有村长，村长告诉村人这件事，他没告诉大家那位领导的名字，不然人们也不会不知道他是谁。可是后来，人们都听说那个关键时刻不逃不跑的领导就是村长本人。

人们一致推崇的第三位好领导有个绰号：蔡地震。

"蔡地震"是到灾区次数最多、住得最久、办过实事也最多的领导。他说：每当三级以上的地震来临，他都能马上感觉得到，并且马上作出反应：大喊"地震来了！"

那天八级地震在夜里光临，"蔡地震"第一个跑出棚子，边跑边喊"地震来了"！跑了一小段路就摔倒在地，再没起来。

人们都哭着说，他一个心脏不好的即将退休的老领导还抗什么震啊！把生命都捐献给了我们，叫我们拿什么来报答？

"蔡地震"是唯一一个群众喊得出名字的好领导：蔡领导。

由于调查"好领导"的结果里"俩死一不确切"，所以，表彰大会上县领导把两朵大红花奖励给了两个带黑纱的相框。

爱如果为利己而爱，这个爱就不是真爱，而是一种欲。

——爱德门

碎裂

车里向我抛过来的语句开始恶毒，声调开始提高。我问心无愧地默默收下。在一次次一声声的谩骂里，我把腰杆挺得更直更硬，仿佛自己真的回归到大宋历史的朝堂上。

　　昨天下午，王局长走进我们科室说，这个周末由小包值勤查处公车私用现象。王局长拍拍我的肩膀说，你是新来的，熟面孔不多，你知道我们纪委这样的单位，熟面孔多了要秉公办事就有难度。这是县长下达的硬任务，就看小包你能不能发扬你们包家铁面无私的优良传统了……临出门走，王局长还回头对我谆谆教导。

　　次日早上，也就是星期六一大早，我还没起床，王局长的教诲就在心中翻滚起来。

　　草草吃了早餐，扛上摄像机，我选择一个交通要道，蹲点守着。

　　咔嚓、咔嚓、咔嚓……一辆、两辆、三辆……

　　因为有了王局长的鼓励和本家先人——包公的精神支撑，我对准公车，底气十足地按下摄像机的快门。

　　接着——

　　司机走下车，跟我握手、与我寒暄、给我敬烟。我一一拒绝。

　　然后，车上的领导向我走来，跟我握手、与我寒暄、给我敬烟。我一一拒绝。

　　这时——

车里向我抛过来的语句开始恶毒，声调开始提高。我问心无愧地默默收下。

在一次次一声声的谩骂里，我把腰杆挺得更直更硬，仿佛自己真的回归到大宋历史的朝堂上。

在我第 N 次举起摄像机准备按下快门时，车里伸出一只手叫停。我像个演员听到导演的停拍声，停了下来。

本单位王局长的司机，小翁向我走来。

你个臭小子，王局长你也不放过？

我说我不相信王局长在车里，肯定是小翁你私自挪用公车。

当然我没把话说出来，哽在嗓子眼里，但是我的良心听见了。

我再度举起摄像机，准备开拍。王局长的头从车窗里及时地探了出来，朝我笑了笑。他的一只胖手一招，汽车的尾气像个响屁，直往我脸上放过来。

啪！

有东西落地。

我低头一看，发现自己的良心碎裂成片状，跟随着摄像机一起滚落到路旁的阴沟里。

当你身处顺境，只在接受邀请才来访，而当你身处逆境时不邀自来的人，才是真正的朋友。

——奇奥佛拉斯塔

晚餐

大林第三次婚约解除后，娘吞下了整整一瓶子的安眠药，把自己当作包袱，从大林的背上永远地卸下来。

大海到大林家的时候大林正准备吃晚饭。

桌上的菜很丰盛：一盘黄翅鱼，一盘竹笋清炖老鸭煲，两盘农家小菜山蕨和青刀豆都绿得可人。山上的、水里的、家里的，荤的、素的，一应俱全。大海觉得奇怪，向来节俭的大林这么铺张浪费，再说他一个单身汉怎么也吃不下如此多的菜啊！

看到桌子上摆放齐整的两双筷子两个酒杯，大海突然明白了什么，憋闷在心里多年的担忧一扫无余，说了句"不打扰，我改天再来"转身走了。

其实，大海应该看到摊在大林面前的那本书的，书名《守身如玉》。

今天是大林的四十岁生日，大林要让母亲坐在他的对面位置，而不是他的哥哥大海。

大林端起酒杯说："娘这是古廊桥醇，你会酿的那种。"

大林让娘干杯自己也干杯。

大林对娘说："这是娘爱吃的黄翅鱼！"

　　大林一边往娘碗里送黄翅鱼一边对娘说他小时候的事情。

　　"那时候的小溪里黄翅鱼可多啦！只要我说想吃鱼，你就找出那部废弃的手摇电话机。你常说，走，咱们给鱼打电话去。

　　"娘总是不停地摇啊摇，黄翅鱼就从水里跳上来，一条、两条、三条、无数条。我拿着网兜细长的竹柄子，看着呆头呆脑的黄翅鱼竟然忘记下手！娘边摇边问我网住几条啦？我说没有，这时娘你就急啊，急得骂起哥哥来。那个白眼狼，怎么就扔得下咱这穷山沟和咱母子俩？到城里给人家当倒插门女婿有什么好的！"

　　大林夹一块鸭肉放进娘的碗里。鸭肉是娘最喜欢的荤食。

　　大林劝娘多喝一杯酒，自己也多喝一杯酒。大林劝娘再喝一杯酒，自己又再喝一杯酒。

　　大林说："娘——你别光顾着摇——晃——啊？你多——吃——些，现在我们单位补发工资啦……"

　　大海想看看和大林对饮的人，折回来。

　　听见大林喊娘的声音，大海潸然泪下。

　　大海、大林的娘去世快十年了。

　　十一年前的那个春天，大海给大学刚刚毕业的弟弟大林介绍了一个县城里的姑娘。帅气勤劳正直的大林很快赢得女方全家人的好感，婚期很快就定了。

　　大林回家对娘说："等我结了婚你就来城里和我们住。"

　　大林的未婚妻对大海说不太愿意和老人居住在一起，大海向弟弟转达了话，又说"娘可以住在我家里"。

　　大林就为这个原因疏远未婚妻直至分道扬镳。他说，娘是人生宴会的最初操办者，如若对娘不起，宁愿不要自己罢了。

　　娘得知事情原委后劝过大林，大林说他相信总能找到个不会嫌弃瞎眼老娘的人做新娘。他许诺要牵着娘走完她的人生路。

　　大林第三次婚约解除后，娘吞下了整整一瓶子的安眠药，把自己当作包袱，从大林的背上永远地卸下来。

大林从此断绝所有娶妻生子的念想。

每年，大林都要隆重操办自己的生日，他说，生日就是娘的苦难日，他说，没让娘抱上孙子，但是要让娘知道这好日子的滋味。

与有肝胆人共事，从无字句处读书。

——周恩来

看

大番薯被送进了精神病院，大番薯被判为"精神分裂症"住在医院的几个月，我们完成了由初中生到高中生转变的全过程。

大番薯原名叫什么，我们谁也不记得了。只记得读初一时，我们给他取这个外号的原因：一是他长得红皮粗糙，像山里人家种在黄泥地里的番薯新品种——个大、认死理地长的"新春花"；二是他这人爱钻牛角尖、脾气暴躁，只要自己认为对的就不改正，是个土炮子。我们这里的人，称呼土炮子式人物有专利：大番薯。

于是，大番薯就没了姓没了名，成为大番薯。

大番薯是初三（1）班的学生，初三（1）班是全校的种子班级，升学率百分之百，几乎全班能上重点高中。班主任求老师在班会课上常说："我们这个班级的人上不了重点高中，那是半个孬种；如果连普通高中也上不了，那就是百分之百的孬种！"每当求老师说这话，大番薯就摆出一副昂首挺胸、大义凛然的姿态状，成竹在胸地看着求老师。仿佛只要他大番薯不眨眼，一直地看，就能轻而易举地进市直属重点高中。

转眼就到"中考百日攻关"阶段，大番薯却出事了。那天晚上最后一节课，大番薯突然很想睡觉，就趴在桌上打了一小会儿盹。班主任老师发觉后让他起立，直视墙上的领袖一分钟，同时在心里默默宣读自己进入重点班的誓言："我要成为大人物。"这招原本很提神，班上很多人都试过，但那次对大番薯却失效了，他在那节课上再次睡着。班主任让他提前回寝室休息，他竟然走出校园，消失在夜幕下整夜不归。

第二天是星期天，重点班全员休息半天。一大早，大番薯找到赖校长家，他站在校长家门口往里喊："赖校长，你出来一下，我有话跟你讲！"语气冷冷的，不像是一个学生在和老师说话，倒像是某位不小的领导在下达工作任务。

赖校长心中掠过一丝不快，还是很礼貌地请大番薯坐到他家客厅。

大番薯说："班主任求老师看我不爽。"

赖校长要大番薯拿出真凭实据。

大番薯说："他在课堂上总拿双眼瞪我。"

赖校长说："看你不一定就是瞪你吧?"

大番薯说："那不是一般地看，他一抬头就看我，他一直看我，他一直看我就是看我不爽！"

赖校长愣了一下。对大番薯说："你跟我来。"

大番薯跟赖校长走进了他班教室。

教室是面积约五十平方米的小教室，经过无数次筛选进入重点班的大番薯及他的四十九名同学，就在这儿不分昼夜地埋头苦战。

教室后墙上，正对着黑板贴有三张伟人像，分别是马克思、恩格斯和毛泽东。他们慈祥又不乏威严地时刻注视着教室里的一切。仿佛每个伟人的喉咙里都含着那句求老师常说的话，只要他们的喉结一闪动，那些话就会跳将出来给同学们喊加油。

赖校长对大番薯说："请你站到讲台桌前面。"大番薯站到了讲台桌的前面。

赖校长说："请你抬头向伟大的领袖看。"大番薯抬头向前看。

赖校长又说："把你的感觉说出来。"大番薯说："他们在看我。"

赖校长对大番薯说："请你站到教室的右边、左边、后边、中间……"大番薯站到了教室的右边、左边、后边、中间……

赖校长说："请你抬头向伟大的领袖看。"大番薯照办。

赖校长又说："把你的感觉说出来。"大番薯说："他们还在看我。"

大番薯心里一亮，说："我明白了！"

赖校长说："把你明白的道理说出来。"

大番薯说："不是他们在看我，是我在看他们！"

赖校长问："那么，你还觉得班主任求老师看你不爽吗？"

大番薯说："不是他看我不爽，原来是我看他不爽！"说完这句话，大番薯就朝着黑板"呸"了一口，大喊一声："谁让你逼我太甚啦！哈哈哈——"大番薯撕人心肺地大笑着冲出教室，飞奔在校园的林荫小道上，像中长跑运动员在赛场上作最后的冲刺。

大番薯被送进了精神病院，大番薯被判为"精神分裂症"住在医院的几个月，我们完成了由初中生到高中生转变的全过程。

出院后的大番薯从不抬头看人。

爱情是发生在两个人之间的一种共同的经验。

——卡森·麦卡勒斯

竹林笋事

李铁头的确当过兵，但谁也没拿他的"兵史"当回事，谁让他没打完仗就生病被遣回家来呢？还落下个残疾。可他却常常穿着套旧军装，神气十足地穿梭在竹林间，活像个将军，满山的"竹子笋孙"成了他的兵。

　　王镇长放下电话马上召集班子成员开会。梁局长要来竹子镇视察竹林，也就是看笋山来了。

　　也许是挖笋吃笋来的，往年哪个局长来竹子镇不是吃一肚子笋回去的？一边张罗班子会议一边这样想着，王镇长心里还是没底，他不知道这位新上任的父母官梁局长是不是也只来一饱口福。

　　所以，还是把一批乡镇领导人物急得团团转。

　　谁叫那一根根嘴尖腹空的东西是咱们镇的经济支柱呢！

　　王镇长以这句话作会议开场白多次了，哪一次也没有这次说得愤恨，因为今年山上的竹笋长得稀啊。

　　人们叫今年的竹林"小年"。

　　谁家竹林今年"旺年"？

　　王镇长的问题仅征得反面答案，几乎所有人家的竹林都不是旺年。

　　王镇长那个急啊！巴不得把一个个肥头大耳的下属都往竹林里插，插出一片粗壮的竹笋来。

　　天杀的毛竹林，怎么出笋还要一年间隔一年地旺呢？

　　王镇长骂完下属骂竹林，他真希望竹林年年是旺年，年年都有粗壮的竹笋密布在山冈。

林秘书见状想对王镇长说点什么，犹豫了一阵子还是走开了。

林秘书是土生土长的本地人，在竹子镇工作了将近二十年。他不仅知道各个镇领导接对的是哪村竹林，他甚至知道哪片山的竹笋上了哪个干部的灶头又进了哪个干部的肚子。

班子会议上，林秘书说今年只有李铁头的竹林是旺年，他的话没给王镇长带来好心情。

镇里领导谁不知道李铁头啊！

当初李铁头来镇里抗议干部和他接对，他双手叉腰气势汹汹地，用吼山歌似的大嗓门喷射出的话就让人刮目："我不要你们救济！我一个堂堂退役军人要你们可怜我？就算我丢得起这个脸，身上这套军装也丢不起这脸！"

李铁头的确当过兵，但谁也没拿他的"兵史"当回事，谁让他没打完仗就生病被遣家来呢？还落下个残疾。可他却常常穿着套旧军装，神气十足地穿梭在竹林间，活像个将军，满山的"竹子笋孙"成了他的兵。

李铁头每次到镇政府来都穿着那身旧军装，仿佛那样就能表明他的军人身份。闹过抗议接对，李铁头走出镇政府大门，站在大门上还回头吼了一句："扶贫接对要看你们怎么接的对，千万别让竹笋接到对方的锅台里嘴巴里！"

你看看李铁头讲的这是什么话！让人听着，觉得他是个上级领导哩。

就这么定了，到李铁头的竹林去！吴主任等人先行一步，到李铁头家做做思想工作，他若舍不得咱就给钱。

王镇长做出这样的决定，林秘书暗暗嘀咕：这李铁头可不是买笋的好主顾啊。

王镇长的决定一下来，梁局长也到了。

梁局长到李铁头的竹林时，从后备箱里拿出锄头，准备挖笋。王镇长连忙给予现场指点：泥里笋爽口，泥上笋麻口；笋壳呈紫白两色相间、笋尖嫩黄的为上上等笋……

王镇长和下属们找到一根又一根的"上上等笋"要为梁局长开挖，都被梁局长拦下了。梁局长说，听说这类笋长大了都是上等好竹材？王镇长说，是倒是，梁局你难得来这么一回，带几条笋不算什么。梁局长又问，一根上好竹笋长成竹材能值多少钱？也就十来元钱。那么你们这个贫困镇子人均年收入是多少？两百多。等于二十多条上好竹笋的竹材？

王镇长在问题中开始冒汗。

梁局长见状笑问，你们谁会对山歌吗？问完话梁局长顾自豁开嗓门唱了起来：重重的山来，叠叠的冈，李家山的竹笋年年长哎！你旺年来，我旺年，李家山的人儿哈反常哎——

山谷里飘荡着梁局长洪亮的歌声，一阵阵回音掠过众人的心头，王镇长巴不得自己随着梁局长的歌声，飞向山对面李铁头的家，捂住李铁头的耳朵。

没等王镇长一行人对歌声有所反应、有所赞美，山对面飘出李家山李铁头的山歌：重重的山来，叠叠的冈，李家山的竹笋显慌张哎！你来劝呀，他来拦，李铁头今儿过不了山哎——

李铁头的山歌听得王镇长毛骨悚然，正不知如何是好，突然见梁局长扛上锄头往回走……

几个月后，梁局长上任的第一批乡镇考核结果出来，王镇长所在的竹子镇为"待合格"。

爱是不会老的，它留着的是永恒的火焰与不灭的光辉，世界的存在，就以它为养料。

——左拉

走进阳光

喝完茶、道过谢，他走进阳光里去了。外面的阳光正像他煎焦油的锅，烘烤着他的全身。此时，她很想走进阳光给他打把伞。

她和他在穷困、闭塞的小山村不期而遇。

她坐在凉风习习的过道上看书，偶尔写一些心里面想说但又没人听的话。她是村里唯一的大学生。她觉得自己已经离不开文字了，就像这样写着一些不着边际的语句，对她来说也是件惬意的事。

一个苍老的北方声音走进她的耳际："这里是什么庙？"同时走进她的视线里来的是一身的粉尘、一脸的沧桑、满头的斑驳的一位老汉。

"这里是吉祥庙，"她低着头，眼不离书地答，"是'吉祥如意'的意思。"她在片刻的寂静中补充，还是低着头看她的书。

他在透过窗户向屋内观看。她抬头瞥见他的举动，放下书，皱眉走进屋去给自己倒了一杯茶。他不管不顾地拿一把竹椅子坐下。

她转身时发现他的眼神里有一种闪烁不定的东西，厌恶之情就又增加了几分。他问："你的书能借我看一会儿吗？"她漠然地轻轻点了点头。

他用双手握书，双臂伸向前方一两尺开外处，眯起双眼，念着："小小说。"她心里一怔，肃然。他识字。

她注目看他时，他在用固定的那个姿势看着书的封面，动作生硬，像是从动画片里刚走下来。她和颜悦色地说："看里面吧，好看！"

他一页页翻看下去。眯着的双眼变成一线，一边翻一边念着文章的题目：《县长他妈》《为骗子开门》《画圈》《书法》……

她暗暗佩服。于是又提示说："老伯，它的内容才是真的好看！"

他拿起书就往外走。她在心里暗急：告诉你好看也不是要送给你呀！

他走到过道尽头的拐角处，停下。他说，人老了可不好，这么丁点大的字需要阳光的帮衬才能看得清。

六月午后的烈日正好从头到脚地照住他。他不再挪动步子，挺直了身体、后靠，微侧着头，左手握书前伸着，右手朝嘴里点口水，一页一页地翻看起来，速度非常慢，口中念念有词，就如庵堂里的僧尼在念经。

她穿过过道，问："好看不？"

见他没有回应，她放大了音量再问："你那本是原创版，要不要看看选刊？我也有。"说此话时，她的声音里和进了枝头上知了般的热情。

他"哦"了一声，匆匆转头瞥了她一下，继续着，古铜色的脸上爬满了汗水。

终于他又走回到过道上。她端给他一碗清茶。说："站在太阳下看，太热了。"

他慈祥地答道："没啥，习惯了。我都是挑选这么热的天，在人家屋顶上给裂缝涂焦油的。我三十岁开始给屋子补漏洞，都补三十多年了。"

喝完茶、道过谢，他走进阳光里去了。外面的阳光正像他煎焦油的锅，烘烤着他的全身。

此时，她很想走进阳光给他打把伞。

不要害怕拒绝他人，如果自己的理由出于正当。

——三毛

第四辑

只要你回家

"妈只想把家让出来给
你，让你感觉轻松些，让你
快乐些。你放假了，妈很想
让你回家来，你在外面妈实
在放心不下。"

只要你回家

小雨愣怔了一下，走进那家旅馆。查阅过房客登记本，果然有妈妈的名字，住宿时间正是小雨回家那天。传言说这一带地方是"红灯区"，难道妈妈她……

　　为时四天的月假即将开始，看着室友们兴高采烈地收拾行囊，小雨的心里像打翻醋瓶子一样，酸得难受。

　　自从爸爸与妈妈离婚后，妈妈就失去笑的能力，干枯的脸上没有了一点点知识女人的魅力，变得爱唠叨，时不时地愁这愁那、疑神疑鬼。最让小雨无法忍受的是，她时常怀疑小雨正和某个男生谈恋爱。并现身说法地劝导小雨，我和你爸爸就是在高中时代谈的恋爱，那是最容易受骗的年龄，你懂吗？

　　每次回家看着妈妈那张愁苦的脸，小雨就想方设法逗她开心。小雨时常说，妈妈，天还没有塌下来，就算天塌下来了，还有我顶着呐！小雨说完这话总要做一个顶天立地的动作，有时一个董存瑞炸碉堡的造型就把妈妈逗得呵呵直乐。但是过不了几分钟，忧伤再次爬上妈妈的心，爬到妈妈的脸上，看得小雨万分心疼。这是上次学校放月假小雨骗妈妈只放一天假的原因——她宁可早两天回学校也不要面对她那种询问的目光、看着她那悲苦的样子。

　　正在小雨犹豫不决要不要回家时，妈妈来电话了。她说要出差开会五天，等小雨回学校了她的会议才结束。妈妈再三交代，要多帮帮年迈的姥姥姥爷做家务。小雨心里一阵欣喜，爽快地答应下来。欣喜过后小雨的内心又被深深的歉意占据着。

回到家，没有了妈妈的愁容，小雨似乎开朗了很多，但是心里又空荡荡地难受。

放假第三天，小雨提前到车站买回校车票，路过车站附近的一家旅馆，瞥见一个熟悉的身影，身影在小雨眼前一晃，急匆匆绕过服务台慌乱地往楼上走去，几乎是在逃跑。

太像了！

小雨愣怔了一下，走进那家旅馆。查阅过房客登记本，果然有妈妈的名字，住宿时间正是小雨回家那天。

传言说这一带地方是"红灯区"，难道妈妈她……

小雨不敢往下想，急忙上楼。敲开房门的那一刻，妈妈怔住了，说不出一句话。小雨走进房间里东看看西瞧瞧，丢下一句话气嘟嘟地走了："你也不能这样自我作践啊！"

做妈妈的伤心到了极点，女儿走后吞服了一大瓶安眠药。

小雨回到家，向两位老人揭发她妈妈的"丑行"。俩老人都不信，马上赶往旅馆。

站在妈妈的房间门口，小雨怎么也敲不开门，又对姥姥姥爷说："可能有哪个野男人在里面！"

旅馆保安爬窗户进入房间后，小雨的妈妈已经进入昏迷状态。

在医生抢救妈妈的时候，小雨已经完全原谅妈妈所做的一切了，她在心里祈求上苍：爸爸已经丢弃我跑到别的女人怀里了，求求您别再让我失去妈妈！

在妈妈住院的两天里，小雨想尽办法逗妈妈发笑，都未能如愿。

直到出院那天，小雨要返校了，妈妈才对她说出真情："妈只想把家让出来给你，让你感觉轻松些、让你快乐些。你放假了，妈很想让你回家来，你在外面妈实在放心不下。其实妈做不来那些丧失自尊的事，选择红灯街的那个旅馆住宿是因为它靠近车站，在房间里就能够远远地看见你。你那天一下车就显得比平时高兴，步子也轻快得多，我一直在窗帘的缝隙里看着你向家里走去……"

小雨听后说不出一句话，她知道妈妈想给自己营造快乐，不惜以生命为代价。

临走前，小雨抓住妈妈的手，再一次泪流满面地说："只要妈妈好好地在家，今后的每个假期我都回来……"

没有太阳，花朵不会开放；没有爱便没有幸福；没有妇女也就没有爱，没有母亲，

既不会有诗人，也不会有英雄。

——高尔基

木薯命生姜命

直到水云成为一名种植生姜木薯的农业大户她才明白：要把生姜种得深把木薯种得浅，它们才有宽阔的生长空间，才能生长得好。

水云叠交着双臂搭在窗棂上，下巴支在手腕上，头歪歪地，双眼乜斜着窗户外的菜园子。

菜园子里有生姜、木薯、毛芋和萝卜秧。

我们都是生姜的命，他们才是木薯的命。水云在心里对自己这样说过之后，一股无奈的神情弥漫在她俊俏的脸上。她多么想大吼一声："你们别吵了，"却怎么也提不起让自己发出声音的兴趣。反正吵不吵都是一个样，下地狱的命，种田的命。

这种认命的心理不仅仅只是水云才有，全班级的人都有。

去年白露过后的一个周末，水云上山帮爸爸收木薯。爸爸从来都不愿意水云帮忙做农活的，他只要她好好念书。水云说看书看腻烦了想上山，爸爸才让她上。

爸爸对水云说，木薯上天堂，生姜下地狱。其实说的是这两种植物的种植技巧。木薯要种得浅，好往深处长；生姜要种得深，好往上生长。

水云听了就立志要做木薯。水云喜欢天堂，她觉得天堂应该就像人人羡慕的三（1）班。

水云把脸转回到教室里，叫一声小霜。小霜万分欢喜地应一句甜甜的

"哎"。水云又叫一声小雪。小雪忙不迭地应声"哎"。

黑板上纵向排列着两行"正"字，左行"正"字的顶部一个"霜"字，右行"正"字的顶部一个"雪"字。小霜、小雪正在不停地应答，每应一声"哎"就往各自的行里加上一笔。像在选班干部，全班人在唱票。

水云看迷糊了。这是语文课，老师请假了，本来她这个语文课代表就应该维持课堂秩序的。

水云站起来走向讲台。

"水云你别管闲事。水云你下来啊。"

台下立即发出逆耳的喊声。

小雪对全班做一个暂停的手势，对水云说："我们还没有结果呢，等一下把课还给你。"

班级再次闹成一窝蜂。小霜、小雪的叫喊声杂乱不堪。尤其是男生显得异常兴奋，一个个提着脖子豁开着嗓门喊。

隔壁班级的语文老师听见吵闹声过来了。小霜、小雪像鼠见猫般地溜回各自的座位。

"吵什么吵，怎么回事？"

她们都觉得自己比对方漂亮，争执不下。

"漂不漂亮比学习要紧吗？瞎胡闹！"

对着隔壁班语文老师走出教室的背影，不知谁又叫了一句"反正我们是种田班不是重点班"。

性格外向的小雪率先走向讲台："谁认为我比小霜漂亮的就叫我一声！"

立即，"小雪"的叫声不断，排在"雪"字下面的"正"又多了几个。

小霜按捺不住不服输的心理也走上讲台。

立即，"小霜"的叫声盖过了"小雪"。

渐渐地，人人都简单地只叫一个字："霜"或者"雪"。

"霜""雪"声在教室里混乱不已。

"班主任来了！"

水云大声叫了这一句，全班顿时哑了似的。小雪、小霜一溜烟儿回到

座位上。

坐第一组靠窗的人偷偷朝窗户外观望，低声道：水云骗人。

水云走上讲台，问全班人："你们要生姜命还是要木薯命？木薯上天堂，生姜下地狱！"

"木薯怎么样，生姜又怎么样？我们都是种田班里的了，毕业回家就种生姜种木薯给他们重点班的人吃！"

全班笑作一团。

"种田班"的说法是他们班级的人对差班的创新说法，毕竟跟重点班只有一字之差，大伙乐于接受。

种木薯种生姜给重点班人吃，这说法水云听着也觉得新鲜。水云挥手想控制局面，但是无济于事。她只好等大家笑够了再继续讲。

水云说：命运掌握在我们自己的手里，我们要争气！做木薯！

木薯有什么好啊！木薯才下地狱呢，它们不都是往地狱的方向长吗？生姜才向天堂生长！这是小雪的观点。她最喜欢跟人唱反调。

小雪的说法得到一致的认可。

水云无话可说。其实她刚才对大家说有关命运的话，连她自己都不信。她只是想尽职而已。

回到家里，水云问爸爸关于"木薯上天堂，生姜下地狱"的含义。爸爸告诉她不管是木薯还是生姜，都要往自己努力的方向生长。

直到水云成为一名种植生姜木薯的农业大户她才明白：要把生姜种得深把木薯种得浅，它们才有宽阔的生长空间，才能生长得好。

谁还不是生姜谁还不是木薯呢？

水云面对满园子长势旺盛的植物，心中多了一层对命运的感叹。

只有驱遣人以高尚的方式相爱的那种爱神才是美，才值得颂扬。

——柏拉图

醒来后，水云暗暗吃惊，原以为离婚后就没人干涉自己玩麻将，麻将可以成为自己终身的伴，到底还是错了。

我在抗台呢，吵什么吵啊你

水云对冰姐说这话时，正在麻将桌上。

"罗莎"台风刚刚过去没几天，麻友们都把行话"筑长城"改为"抗台"了。冰姐虽然不玩麻将，但是对水云的口头语也能悟个八九不离十，再说还有电话里炒豆子般的声响帮着她参悟。

票子到手了就快点上街逛一圈呀，免得又落进别人的口袋！冰姐还在劝。

手气背死了！你再吵，要你出钱！

水云才上桌没几圈就输了三百多，结了钱，叫来个顶班的，骂声"臭爪子"，她就应了冰姐的招呼，上街去了。

刚出"雪歌"名牌女装店，又进"浪漫一身"店里。看着冰姐试穿了一套套职业装，水云的心也动了。不知谁说的一句话，女人的衣柜里永远都是少一件衣服，真是经典名言哩。再说，店主也说得在理，你试穿后不买，又不会要你的钱。

水云试穿了几套衣服，冰姐的评语都是不温不火的，没有激情。水云试穿衣裳，不用看镜子，只要看冰姐的表情，冰姐的脸是最好的镜子。

水云穿上那件红色小西装、里配黑色吊带背心、下加黑色带褶隆边裙时，冰姐的表情鲜活了起来，还朝水云做了个鬼脸。

水云心里有数，就这套了。冰姐的眼光向来不错，看看她本人身上的装扮，韵味十足呢。

价格也不高，开价四百八十元。水云和冰姐与老板娘好一阵讨价还价。硝烟弥漫在那套衣服上，战火穿梭于三个女人的唇舌间。

最终僵持在一个数字上，二十元。

老板娘说，少于三百二十元不卖；水云说，高于三百元不买。

僵持在唇舌间的话语一旦上了心，就幻化成各自的表情，双方都把不悦写在脸上。

走吧，于是就走了。老板娘也不叫。

夜里，水云又上麻将桌，几圈下来就把兜里的三百多元钱送了出去。

又去了一套新衣服！水云嘟哝了一声，起身，回家，睡觉。

梦里，水云又进了白天打唇舌战砍价的女装店。不同的是，身边不是冰姐而是已经离婚多年的老公，见水云唾沫喷飞地还价，他说：拿出麻将桌上的慷慨吧！

醒来后，水云暗暗吃惊，原以为离婚后就没人干涉自己玩麻将，麻将可以成为自己终身的伴，到底还是错了。

你可以没有一个快乐的童年，但是你会有一个快乐的成年。

——傅雷

红红的连衣裙

自从我学会了跳《红孩子》又听了王老师说"红红的连衣裙"，我就天天夜里做梦。梦见自己穿着红红的连衣裙和红舞鞋，一圈又一圈地旋转。那红红的裙摆飘飞起来的样子常常让我笑出声来，我就醒了。

桑美来了。

桑美要带我和奶奶，还有村里的许多人走。

我今年十一岁，正读完小学三年级。去年我是跟随父母亲在温州读书，他们在那里打工，我在一个很省钱的学校读书。

说是学校其实不准确，那是王老师的家。

王老师教我们语文，她的丈夫仇老师教我们数学。他们都是六十多岁的退休教师，教学可有经验啦。我们的父母亲都这么说。

我特喜欢王老师的课。她在音乐课上教我们唱歌，在美术课上教我们画天线宝宝和奥特曼，她在电脑课上教我们上网玩游戏。

王老师的体育课是我们最喜欢的。她家的后院很大，她在那里给我们上体育课。她教我们打羽毛球和乒乓球，还教男同学踢足球。这些都不是我喜欢体育课的原因。

我天天盼望上体育课的原因是王老师会在体育课上教我跳舞。她已经教会我跳好几个舞了。其中那个叫《红孩子》的舞蹈我跳得棒极了！不过王老师说，如果我穿上红红的连衣裙再配上一双红舞鞋，那就妙不可言了。

自从我学会了跳《红孩子》又听了王老师说"红红的连衣裙"，我就天天夜里做梦。梦见自己穿着红红的连衣裙和红舞鞋，一圈又一圈地旋转。那红红的裙摆飘飞起来的样子常常让我笑出声来，我就醒了。每次醒了我都控制不住自己，要马上告诉妈妈刚刚做的梦。

请你不要奇怪，我一个十一岁的人了还和爸爸妈妈睡同一个房间。妈妈说那样可以省钱，省一个房间的租金。

爸妈还把厨房的租金也省下了，把厨房搭在走廊上。这样，我们的吃住都在同一个房间里了。

每个月一个房间的租金800元，每年12个月，一年一共省下多少钱？

这是爸爸给我出的数学题，他真是小瞧我了，想难倒我，没门。我的成绩可好了！王老师说，如果我家有能力送我到温州实验小学去读，我也不会输给太多人。

尽管我们有多么多么地喜欢王老师的课，我们还是没读完三年级就被送回各自的老家。王老师的学校被人举报了。我们有的回太顺、有的回文成、有的回苍南，都是乡下的穷地方。

虽然回到老家上学，我还是没有停止做"红孩子"的梦，梦醒了就告诉奶奶。

桑美带我和奶奶走的时候爸妈还在温州做工。

桑美来的时候真可怕呀！有时候像老虎怒吼，有时候像怪兽现身，有时候像魔鬼降临。它把我们村的全部房屋都扫翻了，包括我们家的泥房子。

爸妈赶到村里的时候，一些解放军叔叔已经把我和奶奶从泥房子的废墟里挖上来。爸爸哭得很伤心，妈妈哭昏死过去好多次。

我的姨妈赶到温州最好的童装店，给我买了红红的连衣裙和红舞鞋。妈妈亲手给我穿上了红红的连衣裙和红舞鞋，紧紧地搂住我，一直搂了一天一夜都不放手。妈妈已经好久没有这样搂过我了。我不怪妈妈，她实在是太忙太忙了。

　　说到最后，我还是应该感谢那场被叫作"桑美"的十二级台风，是它在我们村登陆才使我有机会穿上渴望已久的红红的连衣裙和红舞鞋。

　　现在我正在天空中翩翩起舞呢。我在跳《红孩子》，我多么希望跳给爸爸妈妈看，跳给王老师看，跳给全世界的人看。

理想的人物不仅要在物质需要的满足上，还要在精神旨趣的满足上得到表现。

——黑格尔

年关将近

我娘说她还是女孩子的时候，只要关好大门就可以安心睡觉，不用关窗户。后来就不仅要关门还要关窗户才能睡得踏实了，再后来是关好门窗还要上锁了。近几年，特别到了年关，锁也守护不了夜幕下的家产。

是啊，年关将近谁家还没有几样值钱的东西！

小子们，你们可得给我滚远一点！这几天我们兄弟几个都在家，如果你胆敢再在半夜三更踏进我的家门，就没有上几回那么走运了！

怎么你不信？你们趁着我一家人全部熟睡的时候潜入，然后打开楼下的大门等着开溜？

好吧，我坦白相告：我家的门和窗户都不像前几回那样容易进了！自从你们第一次拿了我家的液化气瓶子，我那七十岁的老娘就防着呢，她至今还时常对我老爹叨念："老头子，天黑了把门关紧点哟！"自从你们第二次搬走了我家厨房里的开水瓶和煤气灶等你们以为还值几个钱的东西，我老娘就更细心地防夜了。

要不，我还是告诉你们我爹娘是怎样防夜的吧！

在俩老人要进入被窝取暖前，我娘把所有的门窗都关好、上锁，这是第一道防夜工序。我娘说她还是女孩子的时候，只要关好大门就可以安心睡觉，不用关窗户。后来就不仅要关门还要关窗户才能睡得踏实了，再后来是关好门窗还要上锁了。近几年，特别到了年关，锁也守护不了夜幕下的家产。

认识几个字的老爹对老娘说，锁原本就只能锁君子，锁不住"梁上君子"。我老爹说用"贼"字喊人太难听，叫你们为"梁上君子"比较文雅。我老娘可不同意了，她相信你们是贼性不改，于是就设置了第二道防夜工序：在所有的门和窗上都挂几个破铅盆子、破铝锅或者洋瓷碗之类能够发出响声的什物。这一招有警报器的效用，只要你们一撬门窗，破铅盆、破铝锅、破洋瓷碗们就会履行它们"警报器"的职责，把本来处于警备状态的二老唤来醒。

哼！我早知道你们不害怕。因为前次你们中的一个曾经被我老爹逮个正着，结果还是让你们在领导赶来援助前逃跑了。

呸！前次你们操起菜刀边抢刀边溜。这回别想逞了——我老娘早有防备，一到落夜她就把所有可能成为凶器的刀、铲、勺收入橱子，一并上锁。

嘿嘿！我们兄弟几个再度警告你们，如果没钱回家过个好年，尽管可以在白日里来讨要，我想我们会出手大方地给你们一些。但是假如再不顾颜面地半夜摸进来，可别怪我们枕边的扁担、钢筋、木棒不留情！

顺便告诉小子们：我们全村已经总动员了，只要一家有响动就全村出动。我们才不怕你们人多势众箭步如飞！若是有朝一日被我们揪住，可别怪众人收拾得你们面目全非过不好年！

最后我再给你们一点祝福：希望你们立着过年，不要横着过年！我家刚刚豢养的大狼狗也会在夜里时刻警惕着的！

生活的理想，就是为了理想的生活。
——张闻天

琴心

年复一年，小单老师几乎都在盼望那个清秀文雅的女生突然有一天敲开她的门，说一声"我回来跟你学琴"。

女生文雅长得清秀可人，在学校读书的时候虽然成绩不怎么样，也进不了重点班级，但是她对艺术感兴趣，教她音乐的小单老师说文雅有艺术天赋。

文雅在学校跟随小单老师学了三年古筝，免费的。学校要求小单老师组建音乐兴趣小组，小单老师擅长古筝就发挥了特长，她想把自己的特长传给学生，于是文雅成了接班人之一。

文雅是小单老师传承手艺的首批弟子中的重点。她那双白嫩如藕的手一伸，细长的手指飞走在古筝弦上，小单老师就说这女生和琴相通。

有时候贫穷就是发挥艺术天赋的天敌，在文雅身上就可以印证了这观点。初中毕业后她没有考上高中，文雅想进一个不讲究分数线但讲究艺术天分的艺术学校就读，面试都通过了还是不能去。父母交不起学费啊。

文雅就跟随本族的堂姨去了城里，学手艺，她想学好了手艺挣来钱就买古筝，继续让十指游走在琴弦上，飘荡出高山流水万里行云。

堂姨说，只要你学会美容美发这一门手艺，月工资就是上千或者几千甚至几万。

锦心绣口的文雅不费吹灰之力就学会了洗、冲、抓、挠、摁、敲等技巧，也得到了男顾客的青睐，许多男顾客都因为文雅成了堂姨店的常客。

文雅几次给小单老师打电话说她不习惯理发店里的氛围，她说那种打情骂俏式的玩笑叫人恶心，等挣够了钱她就会回来继续学琴。

年复一年，小单老师几乎都在盼望那个清秀文雅的女生突然有一天敲开她的门，说一声"我回来跟你学琴"。

文雅来见小单老师的时候，小单老师总觉得是她的琴心为思念而动才回来的。小单老师对我们都这么说，她相信文雅有琴心琴思琴情。

小单老师问，你现在比以前工资高了吧？那当然，一个月至少三四千了。文雅回答得很有底气，因为她的工资比小单老师的还要高好多。小单老师听出了文雅话里语气的异样，也发现了她身上的品牌服饰，更觉察到她身后那一把艳羡的目光。小单老师在文雅脸上读出了一个字：媚。

现在习惯理发店的氛围了吧？小单老师问这话是想尽快结束这场会面。文雅略显迟疑地说，还是有点不习惯。那你怎么不回来找点别的事情做，总比做那个好啊？文雅的脸红了片刻毫不迟疑地答，别的工作没这么轻松工资也没这么高。

一股钻心的痛包裹了小单老师年轻的心，她仿佛觉得自己心爱的那架古筝突然断了一根弦。

老的树最好烧，老的马最好骑，老的书最好读，老的酒最好喝，老的朋友最可信赖。

——莱特

鸡的渴望

一只鸡为了生存或者是真情，尚能如此执着认真地做一件事，我对它肃然起了敬意。后来的一天，我把篱笆拆了，我想，也许我的菜也同鸡们一样渴望热闹。

四只母鸡、七只半大鸡和一只大公鸡来到我的菜园子。

我家菜园里的番薯刚刚下过圈肥，生姜刚刚锄过草、培了土，茄子和青椒正可以采摘。鸡们刨着生姜地里的土，拖拉着番薯地上的圈肥，还到茄子青椒树下休息，咯咯嗒嗒地闲聊。

我看在眼里恨在心上，抓起一把泥团砂石扔向扎堆儿的鸡群。

叽里呱啦一阵惊叫飞跳，鸡们散开来，匆忙间兵分两路。四只母鸡和七只半大鸡向左，大公鸡往右，慌忙择路而去。左路鸡逃出我家菜园子的破篱笆之后，躲进草丛不见了踪影。右路的大公鸡则站在篱笆外，往天空上提着脖子，左顾右盼。之后，拿大鸡眼瞪着我；似乎在向我挑战：现在总不在你的地盘了吧？

我再抓一把泥团扔去，大公鸡一闪身子，咯的一声长啸，飞跑进了旁边的一个猪圈里。随着大公鸡的咯字尾音，左路草丛里惊悸的鸡叫声此起彼伏，同时草丛上方探出来几个警觉的鸡头。

我愤恨的心绪有了些许平息，就回到屋檐下坐到椅子上。

喔——

一声欢快的鸡鸣直冲云霄。我看见是那只大公鸡在发出号召。所有的

鸡钻过篱笆漏洞，又陆续回到我的菜园子里。

臭家伙！竟然自以为警报解除了？我边拾泥团边嚷嚷有声，同时唏唏嘘嘘地把我的愤怒连同泥团砸向菜园。

鸡们再次分路而逃。

这回大公鸡没有在篱笆边缘逗留，它一溜烟跑得没了踪影。

为了得知我赶尽杀绝般的架势是否镇住了那群鸡，尤其是那只大公鸡，我搬来椅子坐在菜园子里。

大公鸡从右边的猪圈慢慢地踱步过来，迟疑的样子，脖子左歪右瞧地，不时发出轻微柔和的咕咕声。到篱笆外，它不再向前，独自悠闲地觅食，也不再长啸着招呼同伴。

我知道只要我一离开园子，鸡们就又会把我的菜园子当作乐园，让我的菜不得安生。我下决心把篱笆补得无懈可击，并且立马行动起来。

第二天，我习惯性地早起，观顾我的菜园子。我在采摘茄子青椒的时候，发现右边篱笆外的一块大石头上站着那只大公鸡，它看上去有点焦虑不安：金黄亮丽的脖子不停地一伸一伸的，眼睛朝四下里张望。见我来到园子里，它嘴里发出不连续的咯、咯声，像是有满腹的怨恨又像是对我乞求着什么。

此后的一天又一天，我发现大公鸡都在篱笆外展翅高飞，一次次地要飞跃篱笆，一次次地想越过我的菜园子飞向左边的草丛。可是它试了无数次都失败了，因为我菜园子左边的篱笆远比右边的高。

一只鸡为了生存或者是真情，尚能如此执着认真地做一件事，我对它肃然起了敬意。后来的一天，我把篱笆拆了，我想，也许我的菜也同鸡们一样渴望热闹。

生命的全部的意义在于无穷地探索尚未知道的东西。

——左拉

跳动的数字

"别出屋子"是双八最肺腑的声音。每次台风来临前，他都要丢开家人，号召下属抗台。坐落在大海边的家，自然是他心里的牵挂。

十五就是半月，十六就是双八。

在刮台风的日子里，有一串数字很是躁动不安：1516……

那串数字是一个手机号码，双八很熟悉。数字的主人曾经是半月。那时，半月是县气象站工作人员，正休假在家。

几年来，双八时时刻刻在想念这串数字，想念这串数字的主人。尤其在有风的日子，双八更是一次次地拨弄它。在数字闪动的灵光里，一声声问答都与大风有关。

今天收到台风警报了吗？收到了。

现在风雨大吗？大概有五六级风力，窗户外那片防护林又开始跳迪斯科舞了，有龙腾虎跃的声音。

千万别出屋子啊！知道了，别忘了我是干什么工作的！

那边的问候一声声都带着急切。这边的应答一声声都带着劝慰。

"别出屋子"是双八最肺腑的声音。每次台风来临前，他都要丢开家人，号召下属抗台。坐落在大海边的家，自然是他心里的牵挂。

每当大风肆虐，村里很多人家的屋顶都被风拿走，再那么随意一扔，飞沙走石就要伤害行人。

可是谁又曾想到，钢筋水泥还斗不过一卷风呢？

该死的龙卷风！该死的"贝塔"！

起风的日子，双八都在心里这样诅咒"贝塔"飓风。是它伤害了休假在家的妻子半月，以及她腹中的胎儿。

据村里幸存的人说，当时，风从后门进入，然后携着半月，飞上天空。同时飞上高空的还有村里八九个人，和两只停在湖峡的小船。

双八回到家的时候，风停了雨也止了，那两只飘飞的船，一只仰在双八破败的家的房顶上，一只趴在隔壁家房顶像个熟睡的婴儿。双八不停地翻动两只小船，不停地询问它们："和你们一起带飞的人呢？"

沥沥的风声里，双八多么希望自己当日在家里，就可以和妻子半月飞翔在风中了，连同自己家房子的墙面、窗户、门板……

那串数字在有风的日子里生长出来的思念，如蛛丝。双八是被蛛丝裹住的那只飞蛾，躺在丝里，撕心裂肺地想念数字的主人。

又起风了，双八情不自禁地想起那串数字。给它拨去："风大吗？大概有几级？别走出屋子啊？"

现在，那串数字的主人是我。

我听了双八的遭遇之后，决意要把它写出来，作为对台风的谴责，并希望谴责如剑，刺向海神爷的胸膛，借此为半月以及死在桑美台风里的冤魂报仇雪恨。

路是脚踏出来的，历史是人写出来的。人的每一步行动都在书写自己的历史。

——吉鸿昌

高价男人

这天晚上，县电视台播出一则新闻：最近一伙小偷扒手来到本地，专门在服装店对人行窃，截至节目播出时已有将近三十位女性市民遇窃，共计损失两万余元，请广大市民提高警惕，若发现可疑人物请给相关部门积极提供线索……

　　萧萧和苹冲着"漂亮女人"这个好听的店名走进了这家服装店。你说男人女人有谁不爱这几个字眼的？女人爱把自己往这个字眼里打扮，男人爱往这个字眼里的人身上花心思，这都是天经地义的事。萧萧是个漂亮女人，漂亮女人身上容易发生故事，这似乎也是天经地义的事。所以，就有了这个我要讲述的故事。

　　萧萧和同事苹走进漂亮女人服装店的时候，发现这家服装店的生意就像它的名字一样好。小小三十多平方米的地方，正中间两杆晾衣架，衣架两侧站了好几个挑选衣物的女人，两侧过道上又有三四个在观赏或品评墙壁上的女装，于是店里就有点摩肩接踵的意思了。

　　什么时候进来的这个男人？步子沉着，衣着高档，举止得体，几乎是气宇轩昂的男人。萧萧看见他把目光游动在一款款女装上的时候，心里暗暗羡慕他的妻子。她觉得他一定有个和自己一样漂亮的妻子，他也一定非常地爱她，否则就不会为她来买衣服。

　　萧萧注视这个男人的时候，和他的目光几乎对视了一下，但是男人马上将目光移到衣服上。萧萧更是为男人的自重生出敬意来，他可不像她家里的那位，在街上见了漂亮女人就把目光锁在了那里生锈似的拔都拔不回来。

男人不时地伸手摸摸这款那款，他一定是想为妻子选出质地上乘的衣服。这是一个舍得为妻子花钱的男人啊。萧萧这样想的时候，男人正好从她的身边擦身而过，几乎是有意碰撞她一下才满意地离开的。这也不奇怪，平时萧萧在街上还被人盯过梢呢。

开始时萧萧以为男人是陪妻子进店里来的，男人单独走出店，她才知道他是独自为妻子购买衣服，萧萧对男人的好感又加了一层。她对苹说："这种好男人怎么没让我碰上呢？我家那位如果像他那样对待老婆，我们就用不着天天吵架了。"苹说："像这等高价男人只可遇不可求的哦。"萧萧赞同苹的观点，在心里给那个男人"高价"的评定。

逛了大半天服装店，萧萧和苹都没买到中意的衣服。女人就是这样，服装店不能不经常逛，买和不买尽在随意二字里。

回家之前，萧萧想到菜市买点菜。付钱的时候发现钱包不翼而飞。回想一路上的情景，萧萧怎么也想不起会是在什么时候被人扒的钱。

这天晚上，县电视台播出一则新闻：最近一伙小偷扒手来到本地，专门在服装店对人行窃，截至节目播出时已有将近三十位女性市民遇窃，共计损失两万余元，请广大市民提高警惕，若发现可疑人物请给相关部门积极提供线索……

想起那男人小心细致"挑选衣服"的样子，一阵冷意卷过萧萧的心头。

真正的友谊，无论从正反看都应一样，不可能从前面看是蔷薇，而从反面看是刺。
——吕克特

咸鱼飘香

听见有窸窸窣窣的声响，寡母窜了出来，抱住那个声音的源头喊，别走了好吗？娘求你！有声音回答说，心底里的咸鱼香在召唤着，已经停不下来了。

他由一尾咸鱼引领着，走到了今天这步田地。

那时，他还是个小屁孩，夏季里胸前围个红肚兜兜肚，就屁颠屁颠地到处乱窜。

村里来了个货郎，货郎担子就停在小屁孩家厅堂上。货担的一头是针线、樟脑等女人们珍爱的家什，另一头箱笼里是海货，虾米干、虾鱼干之类叫人犯馋的"鲜货"——山里人管海鲜叫鲜货，是因为一年里难得尝上几回鲜。

货郎歇下担子就去小屁孩家的水缸打水喝，然后敲响破铜锣招呼买主。

小屁孩六岁了，还没见过几回陌生人。

就忽左忽右屁颠屁颠地跟着货郎，仰望着货郎咕噜噜喝了一大瓢水，货郎摸了摸小屁孩光光的脑门，又拍了拍他光光的屁股，小屁孩就以为货郎担子里的东西是自家厨房里的，一样可以随便拿。

那一回，小屁孩公然拿了一片咸鱼，闻了又闻，不愿意撒手。货郎就对小屁孩他娘说，孩子可爱，就当是我送他下饭的吧。

那顿午饭，小屁孩与货郎同一张桌子。饭桌上，咸鱼的香味飘进他的鼻孔，一直钻到他的心底，躲藏起来。

小屁孩八岁那年暑假，那个货郎又把担子挑进村来。

见到货郎的时候，心底深处的咸鱼香味又从小屁孩的鼻孔溜了出来。他深深地呼吸了几次，鱼香味又没了，鼻翼四周只有失望的味道。

小屁孩趁着货郎进他家喝水的当儿，抓起一尾咸鱼，把自己当邮票一样地贴在了墙壁上，他背后的咸鱼是强力胶水。

那一次，小屁孩的娘没留货郎吃饭。

第二天，小屁孩的家里飘出了咸鱼香。他听见婶子问娘：昨天你也买咸鱼啦？这次咸鱼比前次好吃吧？他还听见娘含糊地"嗯"了一声。

之后，小屁孩的家里就有了青椒、茄子、毛豆、竹笋等时令蔬菜，但都不是娘种的。

慢慢地，小屁孩长成大屁孩。

在学校里，大屁孩想要笔或者其他什么学习用具，都能有。

娘觉得大屁孩不是小屁孩了，可以教育了，就教育。先是打屁股，再是打腿脚等伤不到要害的部位，后来是不认部位地打。

打一次没用，就打两次、三次、四次……

大屁孩就丢下寡母独自闯荡去了。

寡母心痛得死去活来，哭瞎了眼睛也没见大屁孩回来。但是，每隔一周半月，寡母家里就有米和菜进来。

又一次没米了。

寡母用蓑衣盖住自己，守在米缸旁。

听见有窸窸窣窣的声响，寡母窜了出来，抱住那个声音的源头喊，别走了好吗？娘求你！有声音回答说，心底里的咸鱼香在召唤着，已经停不下来了。

爱情原如树叶一样，在人忽视里绿了，在忍耐里露出蓓蕾。

——何其芳

记者来了

直到记者进了祠堂，闪光灯一亮，赌得正欢的人一哄而散，桌上有零星的余钱也没来得及拿走。

　　台上咚咚锵锵咿咿呀呀，台下村民把民俗木偶的一招一式都看到了心里。戏台左边角落悬挂着一个大灯泡，灯下一张被围得水泄不通的方桌，桌子四周聚集着村里爱赌的男女。大年即将过完，爱戏、爱赌的人都聚在祠堂，享受着大年的余温。

　　这天是农历正月十四，为采集到乡村元宵民俗特色，市县各大媒体记者提前赶到我们南门村。突然，有人发现祠堂门外架起了几个三脚架。看戏的人们个个正了身子，但是赌桌上的人还没发现。直到记者进了祠堂，闪光灯一亮，赌得正欢的人一哄而散，桌上有零星的余钱也没来得及拿走。

　　几分钟后有人发现村里的阿魁和记者们熟，就问他："记者拍了打赌的人没有？"回答说："他们只拍木偶戏不管打赌，你们继续玩没关系。"又有人问："记者拍的东西在哪里播放？"答："市里的电视台。"这时，赌博的人立即回到桌子旁，有人搬走凳子，有人抬走桌子，有人拿走色子等赌博用具。记者不解地问："你们要搬哪里玩去？"大家异口同声地说："我们不玩了。"记者纳闷，再问："为什么不玩了？"村民个个显露出些微尴尬神情，好像商量好了似的，都答："不为什么。"

第二天晚上戏开演时，向来不爱戏不爱赌的阿魁再次来到祠堂，赌桌上热闹依旧。阿魁拽住个人问："昨天，你们不玩为什么还撤走桌凳？"这人忙着下注，顾不得搭理阿魁的提问，扔过来一句话："还用问吗！"赌桌外一个围观的村民调侃说："这么点小道理你一个读书人也不懂吗？"见阿魁确是一脸疑惑，才告诉他："我们玩钱的事不是什么好事，不能叫城里人知道，如果记者把我们拍了播出去，怕坏了咱民俗特色村的印象……"

村民的话听得阿魁一愣一愣的，他不知该怎么回答记者朋友们昨天夜里留下的问题，最后他决定用两个字做答案：朴素。

生活真像这杯浓酒，不经三番五次的提炼呵，就不会这样可口！

——郭小川

相遇丐儿

那一次，我终究没当他是丐儿，把他当作自己班级里的学生教育他，并叫他跟我去派出所，他决意不肯，说是不可以出卖"朋友"。

　　我第一次见到他是在一支送葬队里，我送朋友的父亲上山入土为安，他在队前：手臂上没缠白布，头上不见白帽。一手拿鞭炮一手拿烟蒂，一路的"砰啪"声就从他的手里出发，然后溅向四周，引领朋友他爸的魂灵走向最终的家园。

　　我问旁人："这小孩的头上怎么没戴孝帽?"有人笑道："他是金山村的，我们的公共亲戚，不用戴孝。"原来他就是以金山路亭为家，被几家人领养过又被人遗弃的丐儿。几年前，有人见他聪明伶俐，曾想塑造他，让他衣食住行无忧地走进学校。但是他根本无法适应那种按部就班的日子，因此多次被人踢出家门撵回路亭，过着吃百家饭、不受学业羁绊的日子。

　　丐儿今年十二岁。

　　被人撵出家门的丐儿，天天巴望着两件事：嫁娶和丧葬。每当听到谁家里死了人或要嫁娶，丐儿就兴奋地跑到人家里，听候差遣。只要人们不嫌弃，都会叫他干些力所能及的杂活，比如买包烟、传个话喊个人之类。丐儿也都会很乐意地分享人们的忙活，分享人们的喜悦或哀痛。当然，对他而言最重要的，莫过于得到一碗吃食。

　　我细看送葬队前头的丐儿，穿得挺干净，步履匆匆地跟着灵棺，有条不紊地点放鞭炮，没有一点儿乞丐的邋遢相。

　　我第二次见到他，是在我家附近。大伙儿坐着透风纳凉，许多人拿话耍他，有人问："你的傻娘为什么不要你？"因为他傻娘像"击鼓传花"般地被转卖。有人问："你知道不知道自己的爹是哪个？"这是他的娘也不知道的事。他被问得很茫然，一脸的尴尬与无奈，只好大声地唱着"我爱你爱着你就像老鼠爱大米"，边走边用手里的枝条狠抽路边的野草。

　　那一次他穿得邋遢极了，彻头彻尾就是个丐儿。路过我家门口时，我叫住他问："金山路亭昨晚被大雨淋塌了，今晚你睡哪？"他轻飘飘地答："哪里淋不到雨就睡哪里呗！只是没被子。"邻居大婶问："今晚在哪儿吃的？"他摇摇头垂下了双眼。我转身进屋拿了一袋饼干和一只大苹果给他，邻居也给了他几个马铃薯。他哈了一下腰，重重地说了个"谢"字，一溜烟地跑开了。

　　我第三次看见他，是在我们金山新村Ａ幢楼遭窃的第二日，我到第四、五、六层楼，检查东西有无被盗。值钱的东西大都在二三两层，其他那几层楼只是摆设，我们几乎不上去。当我走到第六层楼时，发现他正躺在那件我第二次见到他时送他当被子的大衣上酣睡。我顿时有一股要把他从六楼扔下去的愤恨，朝他吼道："你怎么在这？"他猛地惊醒，双手抱头缩成一团作挨打状，嘴里求着饶："阿叔，别打我！昨天贼人从窗外过去看见我了，他们见我在这儿才不偷你家……"我愕然，怪不得Ａ幢二十四楼房子唯独我家的财产"毫发无伤"。我松开拳头问他："你是怎么进来的？"他放下惊恐小声地答："一个多月前的一天中午，你们全家人都坐在里间吃饭，我在外间看你们好久，你们都没发现，我就上来了。"说完他又低着头不敢看我。

　　他的话把这一个多月来妻对儿子的责备一一牵扯了出来，妻对儿子说："冰箱里的冷菜不能直接就吃。"儿子说："我可不是小学生，连这一点小常识也要你教！"妻对我说："咱儿子好像刚从饥荒年代过来，冰冻的肉块也吃。"想到这，我看看丐儿那双黑手，嘴里像含着只苍蝇般，难受。我又愤愤然问他："你怎么不去别人家？"他回答说："那次你拿饼干和苹果给我吃，我就知道你是好人，就打算来你家了。"我的怒火再次冒起，疾步到他跟前，像老鹰抓小鸡一样地揪起他的衣领。他急急忙忙地说：

"他们早就打算偷你们这幢楼了，你们都是工作人，白天没有人在家，好偷。所以我来你家守着。"我的双手像遭了电击一般，僵在那里。

那一次，我终究没当他是丐儿，把他当作自己班级里的学生教育他，并叫他跟我去派出所，他决意不肯，说是不可以出卖"朋友"。我从来没有感到自己的说教如此苍白无力，只好叫他好自为之。

临走，他拜托我一件事：帮他找寻他的生身之父。他说："我相信我爸不会傻。"接着他又问我这个数学老师：你相信人的遗传也是负负得正的吗？如果那样就别找了……

但愿每次回忆，对生活都不感到负疚。
——郭小川

唤

岩爷爷反反复复在阴阳界上往返的几天里，岩奶奶的饭量剧减，她几乎时刻不离地守着岩爷爷的床，好像她一不留神，岩爷爷就会飞走让她追不上似的。

八月十五日傍晚，岩爷爷去世，享年八十六岁。八月十六日傍晚岩奶奶去世，享年七十六岁。

在岩爷爷卧病不起的那段日子里，从岩奶奶身上看不出一丁点她将不久于世的征兆，她依旧耳聪目明、步履健朗、口齿伶俐。唯一不同的是，她比以往显得焦躁不安，口中多了几句对她老伴的召唤："你不要先走远啊！你走时要带上我啊！我还没有学会坐车呢！"一句句一声声，犹如山雀对谷场的呼唤，唤它的包容、唤它的无私奉献。

岩爷爷和岩奶奶这辈子坐过两回车，第一次是在村里刚刚通车时，他们满怀欣喜地带上满满的两麻袋被儿子称作"无公害食品"的山货，诸如：马铃薯、豌豆、小竹笋等。不料岩奶奶一上车胃里就开始翻江倒海地折腾起来，一路吐到县城的她已近昏迷，打了三天吊瓶才恢复体力走回村，并发誓永不坐车。从此以后，岩爷爷也不再坐车，每次去县城看望儿孙都与岩奶奶走着去，不过儿孙们喜爱的"无公害食品"倒是一直享受着通车的福分，不用在扭曲的山路上来回晃荡，受那路旁荆棘和灌木丛的轻薄，拉拉扯扯地飘摇三十多里。岩奶奶也曾多次劝岩爷爷独自进城，到儿子家享受享受衣来伸手饭来张口的清闲，每当此时岩爷爷就笑着说："等你学会坐车，我们就一起坐着去，你不学坐车我也只能走着去喽！"他不放心她的玲珑小脚独自去翻山越岭。岩奶奶满心愧疚，几次下决心去学乘车，可是每次她一站到公路上，远远听见车声，心里就开始惊恐，车一近身旁就身不由己地捂着胸、吐了起来。如此多次未果。

八月十三日那天，岩爷爷昏迷不醒，几个在外地工作的儿女相继赶到，为他准备后事。在岩爷爷连续昏迷二十多个小时醒来后，儿女们一个个与他话别，备下一样样老人平日里爱吃的食品，想方设法让他吃或尝上一点，以尽孝道。岩爷爷在子女们为他尽最后的孝道那些日子里已不能言语，只会摇头，此外就是双眼直愣愣地望着坐在一旁反复唤着"你不要先走远啊！你走时要带上我啊！我还没学会坐车呢！"的岩奶奶。

每当岩爷爷努力地张一次嘴接受食物，他总是奋力睁一睁双眼，再望向岩奶奶，食物入口眼神也随之黯淡下来，过后许久才把食物吞咽下去。岩爷爷反反复复在阴阳界上往返的几天里，岩奶奶的饭量剧减，她几乎时刻不离地守着岩爷爷的床，好像她一不留神，岩爷爷就会飞走让她追不上似的。叨念那几句话的频率也高了许多，几乎到了句不离口的程度。

八月十五日那天，岩奶奶什么也不吃，在子孙的撼哭声里她依旧如故地叨念着："你不要先走远啊！你走时要带上我啊！我还没有学会坐车呢！"邻居李叔说："岩奶奶犯傻了，还不知道哭哩！"李婶说："她是怕哭了让岩爷爷听见不安心上路吧？岩爷爷向来相信人死时'安安心心地上天堂、哭哭闹闹地下地狱'的！"

八月十六日，家里人为岩爷爷请来诵诗班，为他诵诗、唱歌欢送其入天堂。傍晚时分，当诵诗班停止唱诵准备就餐时，从没为岩爷爷流过泪的岩奶奶突然放声大嚎起来："死……鬼……啊……！我忍不住了！我要哭了！哭声让你上不了天堂，你就陪我去阴间吧！"接着她痛哭起来，哭过一阵后就睡去，再未醒来。村人都说：岩爷爷还真被喊住，等她了！

岩爷爷和岩奶奶第二次坐车去县城是在八月十七日下午，他们一起去县城的火葬场。

最可怕的敌人，就是没有坚强的信念。
——罗兰

对门老头

他说，实在不放心儿子单独在外，要在有生之年时刻看着他，让他少犯错……

对门老头刚搬来那天，到我家借了把锄头，说他后门那块地荒了怪可惜，想种点蔬菜。我出于好奇，他一个头发花白的驼背老头还瞎折腾，就过去看他种菜。看着他一招一式娴熟的样子，还真是个地道的农民。和他搭讪上之后，知道他曾经是个种庄稼的好把式。我寻思着真正的农民是离不开土地的，就问他为什么要丢下老家搬进城里。他用力一抖草根上的泥块，仰头望了望我，张大着嘴，但是没出声。最后支支吾吾着说不出个所以然来，好像保守一个不可告人的秘密。

我们这一栋楼十几产楼房里，住的都是从县政府退休下来的老干部，人称老干部房。老干部房里的人们都会下棋，只要棋盘一摆，老人们就对峙上了。几盘厮杀下来，日子就过得欢实起来，既增进了邻里感情，又打发了时间。

对门老头也会下棋，但他的棋艺很臭，臭到底的那种，百战百输。不过他还是一有空就找我和邻居老头们下棋，每逢对弈败给对方，就嚷嚷要请客吃饭。我们哪里忍心吃他这么个乡下干瘪老头的饭哦！有时拗不过他，大伙就去吃。饭桌上老头谈兴很高，总要问遍县里"政要"们的事，连芝麻点的小事他也感兴趣。仿佛他是个关心国事、天下事的国家要人。我呢，"爱发牢骚、讲真话、敢直言"，没退休之前就是政府大院门卫室里的"知名大炮"，和这老头倒也有几分投缘。其他老头也喜欢他，都说他可爱。奇怪的是，这老头竟然对县里大人物们的事迹了如指掌。我们问他消息来源，他总是指指端着的酒杯。我们再问他，你一个农民知道这么多政治人物的事做什么，他重重地放下酒杯"咳"一声说，解心乏。

于是，和老头喝过酒吃过饭的邻居们都说这老头，怪。有人甚至猜测，莫非他年轻时想当官未成，老来还得听"官事"过把瘾？

一件偶然的事，对门老头半夜患病，有人看见县一把手的车子接了他，去就医。次日，我们去医院探望老头，果然看见新上任的县长，他喊对门老头爸。一帮往日里爱跟对门老头瞎侃的老家伙，吓得不敢上前。我也觉得有点尴尬，但我不腿软。不就是说了些政府部门的腐败嘛，都是事实，又没瞎编。我在心里这么给自己打气时，新县长喊了我的外号：大炮老伯你们坐一会，陪我爸说说话。几个邻居怔怔地站着，不敢坐，个个忘了带嘴巴似的，哑在那里，不知道该干什么该说什么。

对门老头出院后，没人再找他瞎扯，他喊人吃饭我们也不去。

不久，对门老头来到我家，说我要搬家了，搬到城西去，那里没人认识我。如果你还认我这个朋友，就常去坐坐，顺便喝杯酒聊聊天。说完，老头递给我一个地址。

我一直没再见过对门老头，直到县长调往市里。临走前，对门老头来到我家。他说，夏大炮，我要到市里去住了，这下子真要远离土地种不成菜了。我劝他，都一把老骨头了，别再跟着小的们奔波劳碌了。他说，实在不放心儿子单独在外，要在有生之年时刻看着他，让他少犯错……

对门老头走后，我时常揣摩他以前和大伙聊天时的"名言"：得对官们盯紧点，盯得他们不知道贪字怎么写。

爱是纯洁的，爱的内容里，不能有一点渣滓；爱是至善至诚的，爱的范围里，不能有丝毫私欲。

——莎公爵夫人

方言

石头叔说，身在他乡最想念的就是听听本地方言，听不见方言，就会时刻让孤独感包裹着，透不过气。

　　阿贵公十二岁时跟随篾匠父亲走出家乡莒江，到福建一带做云游篾匠。几十年过去了，父亲早已入土，他还没找到个落脚点。

　　带着满身疲惫回到家乡的阿贵公，住在他祖父留下的旧房里。阿贵公的回乡让小小的莒江村活泼了不少，至少他那个破败的木屋子比原先多了几倍几十倍的笑声。回到家乡的阿贵公带回了满口的闽语口音，把莒江方言篡改得面目全非，但他却坚持声称自己的莒江方言最正宗。

　　和阿贵公讲方言是件很开心的事。每逢周末我们没有课，都会找阿贵公讲"游南洋"，其实我们对阿贵公怎样游南洋并不感兴趣，只是想听他变味的方言。阿贵公每次都是这样开头的："以前啊，福建一带叫作南洋……"没等他讲上几句话，我们会故意插话捣乱："阿贵公，我们的历史书上可不是这样讲的啊！"这时阿贵公就很不屑地瞥一眼插话的人，继续讲他的"游南洋"。过不了几秒钟，我们中又会有人嚷嚷："阿贵公，'吃饭'这个词你发错音了！阿贵公，'东西'你也说错啦！阿贵公，你的方言太正宗了我们听不懂哦！"阿贵公被捣乱得讲不下去的时候就生气，胡子一翘一翘的。每当这个时候阿贵公就正色道："我小的时候莒江方言就是这样，你们这批后生仔从小吃着皇粮，竟然把老祖宗的口音也吃掉啦！"我们在阿贵公气得手舞足蹈的当儿，以麻雀受到惊吓飞离谷场的速度离开他，在接下来的一周里，哥们几个学着阿贵公的口音把"吃饭""东西"等词语当作相声小品来演。尽管阿贵公让我们的顽皮气得翘胡子，下次去找他，他照样乐呵呵的。好像他的方言确属"唯一正宗"，我们这帮小屁孩，要成为正宗莒江方言的传人。

阿贵公放弃自己的方言"正宗"，是因为石头叔。

石头叔年少时被抓壮丁，后来跟随军队去了台湾。回到村里的石头叔已经年逾古稀，头发花白。人们对石头叔的肃然起敬不是因为他的健步如飞，是他那一口极其地道的莒江方言。"该清化的浊声母均已经清化，不带半点含糊；该保留的阳调类仍保留着，绝对没有遗失。"这是村里对莒江方言很有研究的格子老师给石头叔的评价。

听说石头叔的方言"极地道"，阿贵公有点坐不住，他决定找石头叔说说方言去，他要让自己的"正宗方言"与石头叔的"地道方言"比试比试。

到石头叔家，两位年纪不相上下的老人以辈分大小，礼貌地寒暄几句后，石头叔的亲人端出台湾水果招待阿贵公。

阿贵公以长辈人的口气叫石头叔讲讲阔别家乡五十年的感想。

石头叔说，身在他乡最想念的就是听听本地方言，听不见方言，就会时刻让孤独感包裹着，透不过气。

石头叔的话把阿贵公的比试劲头打消了些许，他倾听了起来。

阿贵公到底还是亮出了来意："你在他乡怎样讲的方言，才保持如今的"地道"？"

石头叔说，方言是祖宗留下来的东西，得知 A 城有个战友也讲莒江方言，他就每周去一趟 A 城，和这个战友天南地北神侃。有时聊过瘾了就转头，有时聊出亲切感了才走，常常是聊着聊着他们都泪流满面，然后带上满怀的泪水返回。

石头叔说，他去 A 城要坐四个小时地铁，然后步行五里山路才到战友的家。石头叔还说他在台湾为了讲方言走的路，比二万五千里长征路还要长。

阿贵公听后，再不坚持自己的方言"正宗"，他承认自己天天在心里头跟自己讲的方言，不如石头叔的方言正宗、地道。

　　之后的周末，我们这帮小屁孩再找阿贵公"学方言"，他仰脸把山羊胡一翘，指向隔壁石头叔家："去去去，他的方言才正宗！"

作为一个人，对父母要尊敬，对子女要慈爱，对穷亲戚要慷慨，对一切人要有礼貌。

——罗素

证明

是啊，在这个假话假象假货充斥着生活角角落落的社会里，我们要怎样才能证明儿子的那句真话呢？

今天儿子放学回来时满脸的不高兴，原因是他说的一件事，确切地说，只是因为他的一句话：这是我舅舅做的。说这话的时候儿子的课桌上正摆放着几本笔记本。

儿子的同学看见他书桌上的笔记本，都说很漂亮，问儿子在哪里买来的。儿子很自豪地告诉他们不是买的，是自家舅舅送的。假如儿子单单说这么一句话就打住，他的自豪感还可以延续几分钟或者几天，但是他说了另外本该让他更自豪的话："我小舅舅设计的封面，我大舅舅制作成本子。"

儿子说完话马上招来一阵质疑："你舅舅有这么厉害吗？"儿子辩解道："我小舅舅是中国美术学院毕业的，设计这种东西当然小儿科啦！我大舅舅买来机器当然就会做了！"这时，不知是谁提起了班级上另外一位同学 A 说的谎话："A 说自己的爸爸是一个公司的大老板，妈妈是个大法官，你们看看他爸爸还不是在公交车上当售票员，他妈妈也不过是个商店营业员！"有几个同学就附和着说："就是，A 说他爸爸很有钱，他还说要给我一百元钱，到现在也没给！"

焦点转移到 A 同学身上，目的就是为了证明儿子的话是假。接着，有人终于认识了儿子的真面目似的，说："你舅舅如果会做这么漂亮的笔记本，我舅舅还会制造导弹呢！"一阵哄堂大笑过后，有人说自己的舅舅是造飞机的，有的说自己的舅舅是造航空母舰的……总之大多数人的舅舅都成了能人、高科技工作人员。

儿子不甘就这么被一句真话击败，他又想到了他们学校门口的文具店里有和他手头一样的笔记本。他对大伙说，你们不信就到学校门口文具店看看，那里还有很多我舅舅做的笔记本，是妈妈放在那里卖的，我都知道价格的。

儿子以为自己这么详细地了解笔记本的相关事项就能证明自己的实话了，可是事实却相反。同学们更是觉得他在瞎编。他们不信的理由是：你在那里买的笔记本就顺便记住了价格，那有什么稀奇，还想骗人，骗人不是好学生！

问题上升到了"是不是好学生"这样的高度，儿子就有点骑虎难下的感觉了，他不得不努力去证明自己的真话。他说，你们可以上网查啊，我小舅舅的店开在网上，只要根据笔记本封面上的网址打开，我小舅舅的店马上会跳出来的，他的店里除了卖笔记本还卖 T 恤衫和帽子，都是他自己设计的。

没人做声，似乎没有人再怀疑儿子说的话了，他好像挽回了刚才丢失的面子，高兴地继续说："在我舅舅家可以上网，我每次去他家都学会很多电脑游戏，对了，那个 7K7K 的游戏很好玩哦！"

一个声音突然再次对儿子刚才的话起了疑心："你随便在网上糊弄个店，骗我们那是你小舅舅的店吧？"众人的质疑又起，像海水涨潮，让儿子无法抵挡，败下阵来。最后儿子无奈地说，你们不相信就不相信好了。过了一会儿，儿子给自己找了个台阶下："我拿回去问问我妈妈，是不是我舅舅做的笔记本。"

儿子回家对我说了事情的经过，我说你不是亲眼看见舅舅做笔记本的吗？他说："不是我不相信舅舅不相信我的眼睛，我真的证明不了！让人怀疑说谎，我宁可认输。"

我惊愕得半天缓不过气来。

是啊，在这个假话假象假货充斥着生活角角落落的社会里，我们要怎样才能证明儿子的那句真话呢？我是不是该把千里之外的大弟小弟叫来，到儿子的班级向他们解释？或者是带上笔记本发给他们每人一本？那么，假如我这样做了，之后孩子们是否会说，那是他妈妈为了掩盖儿子的谎话而做的牺牲呢？

老天！证明一句真话可真难。

爱情就等于……生活，而生活……是一种责任，义务，因此爱情是一种责任。
——冈察洛夫

一张旧照片

罗阳把灯拧到最亮，旧照片上的内容一览无余：一个雨天，一条河流，一只小船，一群孩子。小船上的孩子举手向岸边挥舞，岸边一柄伞下站着一个孕妇。

面临大学毕业，罗阳和小非已经吵得有点疲惫，毕业在即，两人的争吵不断升级，已经到了水火不容的地步，这几天正在冷战呢。

难道七年的感情就该是这样的结局？这些天以来，小非对"青梅竹马"另有一番地解释：青涩的梅，竹编的马。一个难下咽，一个行不远。她对自己早早地以身相许感到后悔，叹过一声"早知如此何必当初"，小非作好了分手的准备。

今晚的约会就当是告别吧，好聚好散。这样想着，小非走进学校那个不大的茶吧。

她记不得自己有多久没到茶吧来消遣了，自从那次在这里因为毕业后去向问题和罗阳发生争执后，就没来过。也从那次开始，小非拒绝去任何茶吧、咖啡馆、舞厅等娱乐场所，她要试着去适应家乡那种安安静静的生活模式。

清苦，少激情。这是小非得出的结论，所以她坚决反对罗阳"毕业后回家乡教书"的提议。提议上升为亟待解决的问题时，俩人间的争吵就开始了。

小非不是不爱自己的家乡，她实在是喜欢大城市特有的气质啊。"鸡犬桑日可爱，但不能保证一辈子的幸福！"小非掷地有声说出这话后，罗阳劝说她回家乡的心也死了一半。他现在坐在茶吧里等小非，他想在回家乡前，对七年的感情作个总结。

见小非迈进茶吧的门槛，罗阳习惯性地张开双臂，想拥她入怀。却被小非轻轻推开了，此时她的内心里有一句话：既然将来要做他人妇，何苦留恋你的怀抱。

罗阳涎着脸说："最后的约会了，你别这么小气嘛。"说着就坐到了小非身旁，伸手捉住她纤细的手。小非并没有反抗，只是轻声叹了口气，咳！罗阳心里一紧，搂住她的肩膀说："给你看一张刚从老家寄来的旧照片。"

罗阳把灯拧到最亮，旧照片上的内容一览无余：一个雨天，一条河流，一只小船，一群孩子。小船上的孩子举手向岸边挥舞，岸边一柄伞下站着一个孕妇。

那是家乡的小河，罗阳家在河左边，小非家在河右边。每到夏季发洪水时节，小非村的孩子就无法过河到罗阳村上学，每年暑假小非想得最多的是：如果村里也有学校该多好！

罗阳指着岸边孕妇的肚子说：我在这里。小非震惊得说不出话来，眼光停留在罗阳的脸上，她似乎在探究向来爱开玩笑的罗阳说的是真是假。

看着罗阳一脸的认真，小非脑海里突然显现儿时妈妈讲故事的场景。大暴雨后的黄昏，妈妈摇晃着麦秆扇子替小非赶蚊蝇，说：河那边住着个活神仙老师，有一天下大雨，河水涨很高了，她又撑着伞，挺着大肚子，送读书的小东西们回家，回我们这个村，谁让我们这里没学堂呢？活神仙老师眼看着小东西们过了河，转身往回走的时候被石子绊倒在地，活神仙老师躺在地上还朝对面的小东西们挥手，因为小东西们发现活神仙老师倒在了岸边……小东西回家喊来了大人，一批大人想过河帮活神仙老师，但是河水又高了，再没人敢过，船老大说这时过河等于集体送命。

大人们沿着河岸喊啊跑啊，很久很久了，活神仙老师才被人扶走……两天后大水退了，小东西们去看活神仙老师，她躺在床上，床上多了一个小东西，不久后的一天，活神仙老师就真的升到天上做神仙了……那以后不久，我们村的学堂恢复了一段日子。

罗阳看看怔着的小非，又看看照片，说：我回家乡是要申请去你们村校教书的，那是我娘生前的愿望，她说，等生下孩子后，要在两村来回教书，上午在这边、下午在那边，就免得孩子们有渡河的危险。

听着罗阳的絮絮叨叨，小非一头拱进他的怀里，感觉那怀抱像极了当年妈妈讲故事时的怀抱。

信念是鸟，它在黎明仍然黑暗之际，感觉到了光明，唱出了歌。

——泰戈尔

欠你一篮花

"二十多年也没见你给你爸妈的坟墓上一篮花。现在我快走了，明年清明前记得回来，你爸爱茶花你妈爱百合花。"

找笑脸

日子在春耕的蓄意逗乐中过了一个多月，香橙脸上还是未出现笑容，哪怕是咧一下嘴角的微笑都没有过。自从父亲出事以来，她好像把笑容弄丢了，把爱穿的红装也束之高阁，每天把自己穿得像个修女，一身黑。

办好父亲的丧事，香橙含泪随春耕离开了娘家。回到自己家的香橙，还是泪涟涟一副肝肠寸断的样子。春耕劝道："我们来不及悲伤，我们的春天不该悲伤着过，你看满山的嫩芽……"春耕的手指向他们承包的百亩茶园。可是"悲伤"二字不听劝啊，香橙的眼睛依旧红肿。香橙也想扳倒自己的悲伤，把心思放到茶园去，因为茶园正在出新茶，每天有上千人在采茶，炒茶机一刻不闲气地劳作着。三杯香、高山云雾、龙井、雪龙，各种品牌的茶叶都在往山外输送着清香。

第二天去茶园前，春耕想逗香橙笑：你喊一声茄子再喊一声七月七？香橙乜斜一下春耕，戴上竹斗笠就往茶园走去，她要给采茶的员工过秤。肥娘一家七十五斤！胖嫂夫妇二十八斤！隔一个山冈的春耕听见香橙的喊声还是那么有穿透力，一出口就能赶跑在茶园附近觅食的山雀，他放心地咧了一下嘴。咧开的嘴角收拢时，春耕想起老丈人的死，不禁拿袖口擦了擦眼角。

也难怪香橙伤心，父亲不到知天命的年纪就遭遇了不幸，弟弟妹妹的学业要用钱，母亲病逝时欠下的债务……想着想着，春耕又拿袖口擦了擦眼角。

日子在春耕的蓄意逗乐中过了一个多月，香橙脸上还是未出现笑容，哪怕是咧一下嘴角的微笑都没有过。自从父亲出事以来，她好像把笑容弄丢了，把爱穿的红装也束之高阁，每天把自己穿得像个修女，一身黑，连最喜爱的粉红色斗笠也藏了，只戴竹编的。

七七四十九天过去，按家乡习俗香橙的服丧期已满。茶叶的采摘工作也进入尾声。香橙还是不穿红装，一脸如故的悲戚。

晚饭的餐桌上，春耕夹起一片扁萝卜说："吃吧吃吧，咱们吃豆腐鲞。"香橙一脸漠然。春耕又夹起一块方萝卜说："吃吧吃吧，咱们吃年糕。"香橙还是漠然，脸色似乎更加阴沉。春耕再夹起放了酒糟的大萝卜块说："吃吧吃吧，咱们吃红烧肉！"春耕还是听不见香橙的笑声，倒是看见了她的眼角有珍珠滑落，闪亮亮的一串又一串。

这个场景最初在故事里，后来又在春耕和香橙的生活里。美如天仙的香橙刚嫁给穷小子春耕的时候，春耕娘给他们讲了"吃萝卜过大年"的恩爱夫妻故事，希望他们的恩爱别被贫穷打败。之后，每次香橙或者春耕遇见烦心事，对方总会煮一桌萝卜菜，把对方逗得咯吱咯吱笑为止。

但是，这招也失效了。

带香橙上茶园！春耕打定主意，就去了趟村里其他茶农以及采茶员工的家。

次日，春耕带着香橙上茶园。远远看去，一片绿油油的，如绿浪翻滚在山冈上。春耕喊香橙看自家的茶园，香橙说没什么好看。春耕把右手拇指和食指伸进嘴巴，"咻"的一声过后，再喊香橙看自家茶园时，茶园里出现了几个红点。接着，红点往两边弯曲着延伸而去，连成红曲线，再接着，几乎在几秒钟内，红曲线变成一张红脸谱，还有笑眯眯的双眼在眨哩。

春耕在香橙耳旁说："喊一声茄子或者七月七？"只见香橙扬起双掌，卷成俩兜，圈住嘴巴，朝着远处的茶园喊：七月七吃茄子，茶园那边接应道：笑比哭好。

　　香橙和春耕夫妇走近茶园，那些送来笑脸的乡亲已经下山忙各自的农活去了。看着地上由红杜鹃插出来的笑脸，香橙已悟透村里老一辈人常说的话：人生需要笑着过……

　　从茶园回来，香橙打开衣柜，取出春耕给她买的红衬衣。

沉沉的黑夜都是白天的前奏。
——郭小川

酒瘾

只可惜秦伯已经不是当初那个酗酒成性的秦伯，自从老婆被他喝醉酒打跑后他就滴酒不沾。

高二那年暑假，我和罗阳的酒瘾时常发作。一小撮腌制笋、一捧花生米，甚至是家家户户不缺的干番薯丝，都能让我们联想到喝酒的乐趣。那时，我们穷，没钱买酒。没钱买酒喝的我们依然时常挽起袖子，伸出拳头行酒令：全福全寿，哥俩好啊，五丁魁啊，六六顺啊……口令一出，酒气就会弥漫开来。拳输者吃菜（多数时候为干番薯丝），拳赢者喝酒（多数时候为白开水或清凉的山泉水）。

有一回罗阳说："我不用钱就能买到酒喝，你信不信？"

"谁信？骗鬼去差不多！"

罗阳寻遍厨房的角角落落，找出俩空酒瓶子，往其中一个瓶子里灌满水后，向我打了个响指，说："走！"

一路上，我被他那雄起起气昂昂的劲头鼓舞着，好像已经喝到了上厝秦伯代销店里的米酒般兴奋，酒香似乎就在前方飘荡，渐渐地向我们的鼻翼游移过来。

来到村里唯一的代销店，只见罗阳把左手一伸，喊："秦伯，来一斤你家自酿的米烧。"

秦伯往瓶里灌了两小竹罐的酒，递给罗阳，关切地说："小伙子，喝酒损脑，少喝点吧？我们村就你们俩能读书，可别喝坏脑子啊？"罗阳一边接酒瓶一边答道："喝了你家米酒，脑子运转特别快，解题神速！"罗阳转身对我说："你说是吧木头？"我连忙点头附和："就是就是，秦伯酿的酒是神酒。"

秦伯呵呵一笑，一副学生受到老师表扬时的羞涩神情，同时无不担忧地说："反正我不希望你们喝坏脑子，那样的话谁帮我给远方的儿子写信？"

这时，罗阳把右手一抬，嘴巴往瓶口上一啜，双唇一抿，皱起眉头说："秦伯，这锅酒比前回的淡，我不买了。"

只见罗阳把右手一伸，瓶子到了秦伯的手，随着一阵咕噜声，瓶子空了。秦伯把空瓶子递给罗阳的同时嘴里嘀咕着："不喝也好，省得喝了不会读书。"

罗阳招呼呆立的我说："走，下回再买。"

回到罗阳家，他变法戏似的给我斟上满满一小杯酒，不无得意地看着我："品尝一下，没花钱的酒有没有酒味？"

我端上酒杯，放到鼻跟前，一个深呼吸，口腔里的津液汇聚成溪流，向门牙方向奔涌。

放下酒杯，我疑惑地看着罗阳。他说："哥们，我第一次出的是左手，第二次出的是右手对吧？"

我大悟。

也算罗阳小子有良心，如今他每次回乡下老家，都给秦伯带一瓶好酒。有时是国产名酒茅台、五粮液、剑南春、贵州醇等，有时是外国名酒XO、白兰地、威士忌……尽管自己不是很富裕，也舍不得喝那些知名好酒，但是他每次给秦伯带的酒绝对不差。只可惜秦伯已经不是当初那个酗酒成性的秦伯，自从老婆被他喝醉酒打跑后他就滴酒不沾。每次秦伯把罗阳带去的好酒往酒缸里倒时，嘴里都一边嘟囔着："这又何必呢？酒瘾不都过去了嘛……"

当穷神悄然进来，虚伪的友情就越窗仓皇而逃。

——米尔

银佛

罗阳老汉将身子紧紧贴在墙壁上，喘着粗气，一副惊魂未定的模样。听见车里有人呻吟，他才缓过神来。

　　思前村到仙居村有一条隧道，长达两千五百米。二三十年前，隧道刚投入使用那阵子，很热闹。那时，隧道里的灯日夜不眠，时刻注视着来往的车辆，如同一位母亲，关注着子女的一举一动。没过几年，隧道随着附近新开发的高速公路暗淡了下来，只让一边的灯火亮着。再后来又听说支付不起电费，干脆成为黑洞。一条隧道慢慢地失去了生命力，几近废弃。

　　这天，天气奇冷，思前村的罗阳老汉赶一头牛犊要到仙居村，起迟了想走山路怕赶不上集市，就下决心抄近走隧道。一声吆喝、紧跟几步，一人一牛走得倒也惬意。如果不是后来的事情发生，罗阳老汉有可能把牛犊卖个好价，当儿子一个学期的生活费。罗阳老汉想到这儿心里就像隧道外的雪被子那般亮堂起来，好像儿子的光明前途就摆在眼前。

　　罗阳老汉看见两束灯光照射过来时，想把牛犊赶到一边已经来不及，就把吆喝牛的声音提得老高。牛犊让车灯一照，惊吓得慌，还没来得及躲就轰然倒地。小汽车因为急刹车急掉头撞上了隧道壁，再掉了个头，横在路当中。

　　罗阳老汉将身子紧紧贴在墙壁上，喘着粗气，一副惊魂未定的模样。听见车里有人呻吟，他才缓过神来。

受伤了吧？

腿被卡住了。

别慌，我来帮你！

好的，快点，万一再来个车子就完蛋了。

罗阳老汉摸出口袋里的打火机，按了好几下都没打上火，手哆嗦得厉害，估计也没什么燃料了。对方又催促："快点好吗我快疼死了。"按了几十下，终于点亮了。可是，罗阳老汉不敢让它亮得多长久，他得另想法子。

车里人断断续续讲述他超速行驶的原因：家中老母得了急病，他只请半天假要赶个来回，上高速不顺路，所以抄近走，心急速度快……

罗阳老汉第二次亮了打火机时，点燃了自己的尼龙棉袄，扔到离小汽车几十米外的地方。又从车主的手里拿过钥匙，开了车后备箱，拿了几样工具，撬起车门来。车门被撞得凹陷了进去，劳作时要顾及车里人的腿伤，还要不时看住不远处的火光，罗阳老汉的解救工作进展得相当缓慢。

那件棉袄几乎燃烧完毕，车门纹丝未动。他把工具一丢，又朝火光跑去。

火光几度亮起，又暗淡下来，罗阳老汉的上身就只剩下一件毛线背心和一件贴身内衫了。

每当罗阳老汉听见车主的呻吟声，双手就不由自主地慢下来，生怕动作快了会弄疼车里人。当他抬头望向远处渐渐暗淡的火光，他的手又加快了速度。

时间一分钟一分钟很快地过去，罗阳老汉的毛线背心、棉裤、毛线裤、棉毛内衫、棉毛内裤在火光的舞蹈里相继成了灰烬。

车门被撬开时，火光又将熄灭。

罗阳老汉来不及去想车主的受伤程度，赶忙掀下他的外套朝火光跑去。车主大喊："口袋里的东西……"

没等他喊完，外套就点上火了。罗阳老汉的手伸进火光里掏出了一个小本子，一个钱夹子……

蹲在火光旁的罗阳老汉问："还有什么可以烧的吗？"车主说："你还是背我出去吧？你光着身子在这里也不是办法，万一一直没人经过你会冻坏的……"

罗阳老汉没等车主说完就嚷嚷："放屁！如果我们走了，别人再撞上你的车和我的牛……"说到牛字，罗阳老汉突然记起自己的牛来。

看到躺在地上的没了声息的牛，罗阳老汉哇哇地大哭起来。正哭着又听见车主喊："火快熄了。"他立即止住哭声，赶忙从车主手里接过毛线衣，跑向火光。

"跑向火光的罗阳老汉，很像一尊银佛，全身亮闪闪的。"躺在医院里的车主向他的朋友这样描述只穿个裤衩的罗阳老汉。

先相信你自己，然后别人才会相信你。
——屠格涅夫

脸上亏字像朵花

年轻漂亮的女店主羞红了脸，亏字就像一朵不合时宜而开放的花，浮现在她白嫩的脸上……

闲来无事逛逛街、看看时装，买或不买尽在随意中，这也许是女人们的共同爱好吧。

昨天下午，我和同事阿清姐又溜出办公室，逛街。我们来到熙熙攘攘的时装一条街上，心情顿时放松到了极点。清姐说，服装一条街简直就是女人的幸福世界嘛。这条街上的时装在我们小县城算得上是最有档次了，虽然称不上名贵，但是价格也都在五百以上。如果要常买，那也是够我们工薪阶层的女人费心的：如何讨价还价。

当我们走进"小城丽人"时装店的时候，清姐被一件外套吸引住了，她用闽南方言同我说："这款真不错，可惜太贵了。"我用同样的方言劝她："既然喜欢就买了吧。"她说："上周刚刚买了一件价格不低的连衣裙，再买这么贵的怕要出现家庭财政赤字了。"我说："那就过把瘾再说。"于是，阿清姐在店主热情的劝说中走进试衣间。当她再次出现在试镜前时，被镜中妩媚的自己吸引住了，仿佛时光倒流，她又回到了豆蔻年华，背后追随着一大批异性的目光……

对诱饵垂涎的鱼儿总是容易上钩的，这是一句钓鱼经，做生意有时也像钓鱼吧。店主从阿清姐的表情里判定她就是将要上钩的鱼儿，在一旁看着的我也为向来谨慎的她过早地泄露心思而感可惜，因为阿清姐是个主张"以最优惠的价格买最实惠的东西的主儿"，她是个能用便宜货将自己打扮得有品位上档次的能手，虽然她每穿一套衣服都让人感觉大方高雅，但并非都是品牌或名贵服饰。自然她不会舍得花一千八百多元的高价去买这件上衣。她用一口 n、l 不分 h、f 混淆的普通话与店主砍价。偏偏店主死守原价毫无通融的余地。阿清姐只好作罢，同时用方言与我说："爱鬼（那么贵），皂（走）！"

正当我们迈出店门，只听见店主叽里呱啦甩来一连串我全然听不懂的县城方言。几乎在同时，阿清姐迅速返回店里，用与店主同样纯正的县城方言说："八百元？我买定了！谢谢你如此大放价……"只见她微笑着掏钱、付款、取衣，然后拉上呆立在店门口的我走开。整个过程，店主呆若木鸡，都是阿清姐的个人行动。年轻漂亮的女店主羞红了脸，亏字就像一朵不合时宜而开放的花，浮现在她白嫩的脸上……

事后，阿清姐告诉我女店主甩过来县城方言的意思：就知道乡下鬼，莫讲是一千八，就算是八百给你你也不会要！阿清姐从小就在县城的外婆家待过，县城方言哪里逃得过她的耳朵？阿清姐说：不文明的人有时就得为"礼貌"二字交点学费，那个店主交得不冤。

爱是戴着眼镜看东西，会把黄铜看成金子，贫穷看成富有，眼睛里的斑点看成珍珠。
——法·萨尔丹

考试

从小到大，因为考试流的汗水可谓"成河"，因为考试流的泪水也至少数以碗计或可以桶计。

写下这个题目，我的心还在为"考试"二字羞愧不已，内心深处还在渴望着永远逃离这两个字眼。从小到大，因为考试流的汗水可谓"成河"，因为考试流的泪水也至少数以碗计或可以桶计。

第一次让我铭记在心的考试是初中升学考，家人与老师们都满心期待着我考上中专，为学校争光为家庭减轻负担，然而我却以三分之差站在中专门外哭泣。于是，决定去读高中。那时的我爱唱歌，在学习之余抄写了自己会唱不会唱的歌曲的歌词三百来首。中专落榜不仅伤了自己的心，更是伤着了父母的良苦用心，父亲说我花在唱歌上的时间如果用到学习上，说不定就能考上中专端上铁饭碗了。父亲的话说到了我的痛处，我下决心把几个歌本付之一炬，从此再没拥有过那么让我引以为豪的手抄歌本。

第二次让我刻骨铭心的考试是高考，第一年没考上，第二年又差九分落榜。我发誓永远不再走读书成才这条路，并将一切书本以及复习资料撕成翻飞的蝴蝶。正当我沉迷在考试失败带来的伤痛中，查分有了结果，我的分数被少加十分，我上线了，我差点成为现代范进。可是大学录取通知书到来的时候给我一个晴天霹雳：我被政教系录取，而不是我日思夜想的中文系。我决定不去读。回到家，看着父母亲像捡了金元宝般的喜悦，我就再也丢不下这只已经到手的铁饭碗了，含泪走进大学校园，心想：至少从此不再为考试二字伤心落泪了吧。

走出大学校园，我成为一名教师。身为教师又哪里能够逃脱得了考试二字的追踪呢？考学生还不就是考老师！让我在学生考试里痛苦万分的是初到民族中学的第一个期末考试，因为整个学期我都沉醉在文学这座象牙塔里，没有对教学付出太多，因此我的学生期末考试成绩与平行班级相差十万八千里。我的良心受到了极大的谴责，我又一次在考试二字里低下了头。记得那个寒假是我有生以来最难熬的假期，那个年过得没有一点滋味：从农历十二月二十四到正月初十，我吃不得哪怕一点点的荤腥，只要一沾上它就开始上吐下泻。医生说那是因为我伤心过度，伤到了脾胃造成的消化不良。

从此，学生的考试在我心底里也有了阴影。我放下对文学的痴迷，开始真真切切地关心我学生的学习情况、考试成绩。一分辛劳一分收获，我的学生的成绩慢慢变好，我也被学校信任，连续被留在初三，教全校唯一的重点班英语。我想，我总算在考试两个字面前站立起来了。

也许是我对考试二字的毫无戒备使然，也许是在学生考试成绩慢慢好转的同时我自己的考试能力在渐渐降低，在这次县教育局选调进城教师的业务测试中，我的考试成绩竟然是倒数第一！我目瞪口呆的同时，是不相信自己会如此的窝囊，一百二十分的试卷我只得八十一分。这是什么分数啊！让我班级中等的学生去考也许都会比这好。我要求查分，心想：也许我再次遇上了"犹抱琵琶半遮面"的惊喜。查分的结果把我打成了一只地道的"落水狗"：我灰溜溜地躲在家里几天不想出门，关掉手机拒绝一切安慰。

朋友们向来视我为阳光型的人物，走到哪里就把阳关和笑声带到哪里，但是我的心底里却因为考试二字阴雨连绵。在这样的年纪，在"奔四"的行列里，我要怎样理解"不惑"？我被"倒数第一"痛击一棒，几乎自卑到了极点。一连串的"早知如此"在脑海里挥之不去：早知如此何必当初放弃教政治，走上教英语这条路！早知如此何必又参加什么进城选调……"早知如此"成为我的心魔，在对我的英语教学能力进行天大的鄙视与嘲讽，我担心自己永远不会在"英语考试"这个坎里站起来。

　　在极度的郁闷中，我想起一个靠关系进入重点班的学生——每次月考来临前他都希望自己生病。他曾经跟朋友说过，哪怕让他得重病甚至绝症也没关系，因为每次考试他都是稳拿全班倒数第一。他要求回到普通班的时候，许多同学都紧张起来，因为他走了，那个很不光彩的"倒数第一"就成了一个飘飞的炸弹，不知道会落到谁的头上。那么，这个永远"倒数第一"的学生心里该遭受多大的打击啊！他的心里是何等的悲伤呢？

　　想到这里，我发誓今后永远不给学生的考试成绩排名，也不给张榜公布，免得给他们未成熟的心灵蒙上惧怕考试的阴影。

>>>

几十年的经验使我懂得，多想到别人，少想到自己，便可以少犯错误。

——巴金

吃鸟儿饭

最后来到鸟儿饭现场的是我那才两周半大的小弟，他穿着开裆裤，哼哧哼哧地吸着鼻涕，摇摇晃晃地走过来，手里拿个小瓷碗，没拿筷。我向来讨厌他跟着，但是没办法，只要他跟来了我就得带着，谁让我们是同一个肚子里钻出来的小兔崽子呢。

　　现在的孩子一定不知道什么是鸟儿饭了，因为现在的大人们都不煮鸟儿饭了。但是吃鸟儿饭的记忆却在很多人的脑海保留下来，像文物古董一样珍贵。现在回想起来，我总觉得自己那时候真是人儿小肚儿大，好像从来就没吃饱一顿像样的白米饭，所以对吃过又能饱肚的鸟儿饭就尤其记忆深刻了。

　　吃鸟儿饭的原因自然跟鸟有关，那是鸟儿做了坏事，即在某人身上，最好是头上拉屎时，被拉的人就得在某个大路口，搭建个锅台，向村里不同姓氏的人家讨来白米，连同自家白米放到锅里煮，熟了再叫人们，一般是小孩，分着吃。村人说，煮鸟儿饭能除晦气，否则，来自鸟儿屎的晦气将会如影随形。我们知道这些都是无稽之谈，但是我们巴不得全村人都信邪。村人还说，村里的拐子讨不上老婆，歪头挣不到钱，甚至是老旺挣到手的大钱还被人骗走，都是因为让鸟拉了稀又没叫人吃鸟儿饭的缘故。所以，村人不敢不重视鸟儿的不文明行为。况且，煮鸟儿饭的白米又不都是自家的，如果自家富裕点，就多下些米煮鸟儿饭，否则也可少煮些，走走过场即可。

我们吃到最解馋的是阿光爸煮的鸟儿饭。

那是个大热天的傍晚，阿光爸和一大伙人坐在村里那棵百年老树下吹风纳凉瞎侃，突然从树梢上落下一大堆污物，像平地惊雷，阿光爸一摸头，一片模糊东西，赶紧往自家跑去，又是冲洗头发，又是喊倒霉，还骂该死的鸟，要吃就吃点他家的稻谷好了，干吗还要到头上做缺德事。

第二天，阿光爸就到村前的大路口搭建锅台煮鸟儿饭了。阿光爸开始搭锅台，就成为村里小屁孩们的大喜讯，我们看见他搭的锅台比别人家的大，白米比别人家煮鸟儿饭时多了好几倍。大家早早地围在阿光爸的锅台边转，兴奋地等待着白米冒香。每个人手里拿着碗碟和筷子，饭还没熟，碗碟筷子就发出迫不及待的声响。

最后来到鸟儿饭现场的是我那才两周半大的小弟，他穿着开裆裤，哼哧哼哧地吸着鼻涕，摇摇晃晃地走过来，手里拿个小瓷碗，没拿筷。我向来讨厌他跟着，但是没办法，只要他跟来了我就得带着，谁让我们是同一个肚子里钻出来的小兔崽子呢。我朝小弟喊，慢点，饿不着你！小弟口齿异常清晰地，指着锅台说，好吃好吃！

白米饭终于飘香。我带领下的小鬼们排队等候，阿光爸不厌其烦地逐一分发，一人一竹勺子米饭，没等他把饭分到队伍最后一人，前面的好几个就已把那小拨米饭送下肚了，喊着，我还要。就又分了一遍。

我小弟最后一个到场，所以也是最后一个分到米饭，当他捧着第二次分的米饭在吃时，大家都只有看的份了。再加上，他吃得小心翼翼，惹得大伙的馋虫直挠痒痒。小弟吃完碗里的最后一粒米饭时，又把掉在手指头上的几粒吸进口，然后口齿异常清晰又充满期待地说："哥，我们下回还把鸟屎拉到阿光爸的头上，好吗?"我赶紧跑去捂小弟的嘴巴，但是小弟的话就像泼出去的水，无法回收，阿光爸顿时愣在一旁。

幸好阿光爸没打骂我们，他只要大家交出作案工具，我们村小屁孩人手一把的竹针筒。阿光爸拿到我们工具的时候虎着脸说：下回我把这鸟屎拉你们头上！只见他拿起其中一只竹针筒，轻轻往后一拉，再用力往前一推，一小堆淤泥做的"鸟屎"落地。

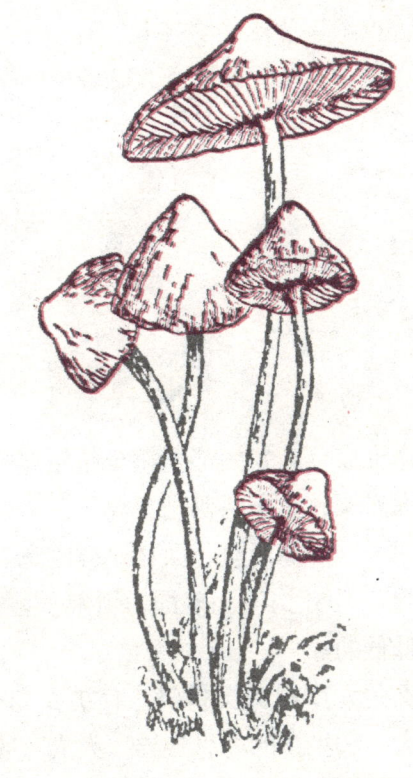

世间最好的东西，莫过于有几个头脑和心地都很正直的朋友。
——爱因斯坦

红心柚

伴郎们把桌子上不多的几瓣红心柚全收齐了递给我，我揣着满怀的喜悦，急急忙忙避开众多的讨好者，回到自己家，迫不及待地吃了起来，刚一进嘴，就被酸得牙打战。没吃完几瓣，我就后悔得直嚷嚷，直怪那家人的红心柚变质了。

在我们家乡，每逢谁家娶新媳妇都要搞个结婚典礼，场面设在自家厅堂。厅堂正中摆几张大方桌，桌子两侧是长凳子，供伴郎伴娘们坐。新郎和新娘正对着几张大桌子，并肩而坐。面对这样的场景，不管平时多么能说会道的新郎官都会显出几分拘谨和羞涩，新娘子往往把身子扭到一边，背对着新郎，头压得低低的。

不论结婚典礼多么迟，屋里都会挤满人，男女老少各个年龄段都有，全是看热闹的乡亲。大人和小孩的心思各异，大人一般都是来看新娘"添热闹"的，小孩多数为桌子上的茶点而来。我也是。但我和其他小孩不一样，我在关键时刻能派上用场，能帮伴郎的忙，我能替伴郎跟伴娘"对歌"。

对歌是结婚典礼中的重要环节，也是最热闹的环节。一般是在新娘新郎谈说恋爱史之后，那时候农村男女大多经人介绍认识，少有自由恋爱而结婚的，但这不妨碍众人的"听趣"，比如"第一次见面的时候你对她（他）有什么感觉"，再比如"第一次到他（她）家受到怎样的款待"等，只要是能拿到桌面上讲的事都可以讲，讲完了就开始对歌。

也许男子天生不如女子善唱，对歌的时候伴郎们总不如伴娘，每当伴郎的歌曲到了窘迫的地步，有人就会大喊我的名字：让阿录来，唱倒她们！村人知道我有满肚子的歌，除了校园歌曲，还有京剧、黄梅戏、越剧。

我站上高高的长凳子，立在伴郎们的背后，就成了对唱中特别的"男宾"。我和伴娘们的对唱刚刚开始的时候，伴娘中没人担心会输给我。十多位伴娘肚子里的歌曲一首首地往外倒，我则把校园歌曲唱完，又唱黄梅戏，还会几个京剧唱段，最后停留在自己最拿手的越剧上。我能把《梁山伯与祝英台》《红楼梦》里的大部分唱段拿出来和她们比拼，直到伴娘们想不出歌曲再"对"，她们总算是被"唱倒"了。

有一回唱赢后，我指明只要平时少见的红心柚做奖品，其他茶点一概不要。因为村人都知道办喜事人家的那一树红心柚特别好吃，此前我也曾吃过，汁水多又特别甜。每到沉甸甸的柚子挂果枝头的时节，我们走过那柚树下都要多仰望几下，红心柚的美味迅即占据了大家的口舌、喉咙、肠胃，甚至满脑子都是那种紫红色的汁液。

伴郎们把桌子上不多的几瓣红心柚全收齐了递给我，我揣着满怀的喜悦，急急忙忙避开众多的讨好者，回到自己家，迫不及待地吃了起来，刚一进嘴，就被酸得牙打战。没吃完几瓣，我就后悔得直嚷嚷，直怪那家人的红心柚变质了。

次日，我的牙齿酸得发麻。遇见村里的伙伴就跟他们说那人家的红心柚变质了。有人当即指出，并不是红心柚变质，是因为还不到吃红心柚的时候！接着，大伙众口一词地说："如果你跟大家分着吃，每人吃一点儿，牙齿就不会被酸到发麻了……"咳，还真是"独乐乐不如众乐乐"呢。

你通常会发现自己跟没有什么话可说的人在一起时反而话更多。
——帕菲萨

鸡爪糖

因为竹竿不够长，矮处的鸡爪糖都被采光了，妈妈也没帮我们采到多少果子，但是那为数不多的鸡爪糖已经够我们回味一辈子的了：那香、那甜，正如母亲对我们的爱一样醇厚。

年少时有许许多多美好的记忆都跟饮食有关，跟"甜"字有关。记忆中跟"甜"字关系最铁的是"糖"，但是鸡爪糖却不是"糖"，是一种怪样水果，它长在高大挺拔的树上，黄褐色的果实从来没见直过，全是弯弯扭扭钩来钩去的，末端还悬挂着个人丹丸子大小的种子包。整个果实看上去跟干树枝没多大区别，且细瘦如小鸡的爪子，大概这就是乡村人把它跟鸡爪子扯在一起的原因吧。

再加上该果子一经寒冬的霜雪洗礼，就甜得胜过糖果，所以"鸡爪糖"的称谓就像空气一样穿行起来，满乡间地飘荡，使得乡村的冬天也因它而又香又甜了。

在老家，伯母家后门边上有个果树园子，果树园子的最边上就有一株鸡爪糖树。高高大大的树干，看似有参天之志，不像一旁的桃树、李树、橙树，树干飘逸招摇，一看就媚态十足。

每年冬天是鸡爪糖最受瞩目的时节，因为全村就伯母家这么一株鸡爪糖树，而且伯母向来慷慨，不驱赶到树下等待果子的孩子。只要大风使劲一吹，树枝猎猎作响，成熟的果子就纷纷掉下树来，我们仰望着、奔跑着、呼喊着、抢夺着、像一群风中的精灵。

有时，我们在风中等待多时不见果子落下，就想去摇晃树干，无奈树大可抱，没谁有那么大的力气能动得了它，我们就会想法子。最有效的法子是直接上树去，踩住树的分枝使劲摇晃。

但那是危险的游戏，而且不能让大人们看见，不管谁上树被大人看见了，都会挨一顿训斥，然后告诉自家父母，一顿打骂就在所难免了。因为从大树上摔下来可不是闹着玩的，轻者折肢断骨，重则得拿生命作赌注。当然，我们总是很幸运，从来没有人摔过，因此不拿大人的话当回事，大伙都觉得父母们是杞人忧天罢了。

每天早上天刚亮时，是捡或摇鸡爪糖的最佳时机，一是因为经过一整个夜晚的风吹或雨打，果子掉下树的多；二是那时大人们都还在睡觉，如果我们想上树也没人看见。于是在那时，我们就常上树。乡村孩子没有几个不会爬树，几乎个个是猴子转世，身手敏捷得很，年少的我当然也不例外。

又是一个早晨，我和弟弟到树下的时候已经无法捡到鸡爪糖了，因为我们迟了那么一点点。弟弟眼巴巴地望着别人手上的鸡爪糖，闻着其他孩子吃鸡爪糖的香味，我也馋得直流口水。

查看一下四周，没看见什么大人，我当机立断，立即上树去。还没爬到高处的树枝摇落鸡爪糖果子，我就看见了不远处有大人，只好赶紧把箍紧树身的双手稍稍一松，让自己直溜溜地滑下来。在匆忙下落的过程中，我听见嘶啦一声响，原本就半新半旧的棉袄被刮了一道口子。

我心想，这下完蛋了，挨打已成定数了。赶忙吩咐弟弟和邻居小孩别跟我家大人讲，因为裂口不太大，我自己能勉强缝补上。

回到家，妈妈已经起床煮猪食了，我匆忙的神色哪里逃得过她的法眼！看过我棉袄上的裂口后，妈妈的脸色阴沉得可怕，她转身去拿了一根很长很长的竹竿，我和弟弟们几乎不敢喘气了。看着妈妈把竹竿的细端破开个口子，我们的心才放了下来。她要帮我们去采鸡爪糖呢！因为竹竿不够长，矮处的鸡爪糖都被采光了，妈妈也没帮我们采到多少果子，但是那为数不多的鸡爪糖已经够我们回味一辈子的了：那香、那甜，正如母亲对我们的爱一样醇厚。

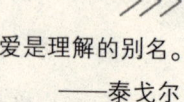

爱是理解的别名。

——泰戈尔

难还板栗情

我不仅让甜字漫在嘴里，还让它恣意在心里张扬着，我把老人的话深深地藏在心底，不时拿出来鼓励自己，让自己在失败面前不气馁，在成功面前不骄傲。

　　读初二那年秋板栗成熟时节，为迎接即将到来的期中考，我到学校后门小道上复习功课。拿着书一边念念有词地背诵课文一边走着，见不远处一老人在路旁寻着什么。在同情心与好奇心的驱使下，我向老人慢慢地靠近，原来老人在拔一种俗名"小青儿"的草药。老人眼神不好，把头压得低低的，几乎是嗅着地面气息才寻得几株小青儿在手头。见她步履蹒跚、几步一停留的样子，我忍不住也寻起了那并不少见的草药。不一会儿，我就拔了一大把的小青儿，递到老人跟前时她惊喜地问："给我?"得到我肯定的回答后，她连喘带咳地述说起自己拔草药的缘由：正是农忙时，儿子农活多媳妇又不在家，自己病了就想拔点草药煎水喝……

　　见老人走起路来随时要摔倒的样子，我决定搀扶她回家。老人的家与学校只一墙之隔，送到她家，我转身要走，老人却叫我稍等，她颤巍巍地手扶着木梯上了楼。我在无聊地等待的同时见她家有一锅碗没洗，反正闲着也是闲着，就顺手帮她洗起碗来。在我差不多洗好碗的时候，老人从楼上下来，她见状忙不迭地说着客套话。她解开绑在腰间的围裙，一兜子油亮亮的板栗出现在我眼前。老人往我裤子口袋塞板栗的同时，气息不连贯地说："你这个闺女心肠好，将来一定能吃上国家粮!"那时，人们对一个读书图说这样的话，就等于给了最高奖赏。成绩平平的我听了这话，受到了前所未有的鼓舞，仿佛在瞬间自己就成了尖子生。

任由我嘴里怎么说着够了够了，老人还是不断地拿板栗往我的裤袋里塞。带着满满两裤袋的板栗回学校的当天晚上，我决定好好犒赏自己——次日吃一顿板栗早餐，把所有的板栗都放饭盒里蒸了。至今我还记得那板栗的滋味，甜中带粉，叫人百吃不腻。室友们见我吃着板栗也有嘴馋的，要了一两颗，都说好吃。我不仅让甜字漫在嘴里，还让它恣意在心里张扬着，我把老人的话深深地藏在心底，不时拿出来鼓励自己，让自己在失败面前不气馁，在成功面前不骄傲。自从接受老人的板栗之后，我学习更加努力了，在心中暗暗发誓：将来若是考上中专或大学，一定带上礼物把喜讯早早地告诉她老人家，作为答谢她的板栗情。

几载寒窗苦读，几番辛劳拼搏，我如愿考上大学，真如老人所言成为一个吃国家粮的人。这期间多次想起赠我板栗的老人，但因我家早已搬迁，离母校相隔甚远。大学毕业后又因一时难以接受社会现实，更无心报答老人的板栗情。后来终于回到母校任教，得以探望老人，老人却不知去向。我问那座房子里的住户，他们竟然回答没有我所描述的那样一位老人，我猜想老人早已安息了，如果她还在世，也一定会为自己那一兜板栗、那一句话语而感欣慰的。

对于我来说，生命的意义在于设身处地替人着想，忧他人之忧，乐他人之乐。

——爱因斯坦

九岁的秋天

老师告诉我，我和毛毛雨都是女孩子，女孩子和女孩子是不能结婚的。我纳闷了好半天，还是没想清楚长大后为什么不能娶毛毛雨做老婆。

在整个小学阶段，我一直想不明白，九岁那年秋天，我所做的那些事，为什么有那么强的杀伤力，像一把利剑，刺透了那个我最喜欢女生的心。

她叫夏小雨，没见到她之前，我就喜欢上了她的名字，想象着她细眉细目的样子，清秀得不带一点乡村人的土气。她来到我们班之后，猜想被证实的同时，我就打算做几件让她高兴的事。

听见班级里那些男生都叫她"下大雨"，我也跟着叫"下大雨"。每当我看见夏小雨追打那些喊她"下大雨"的男生，我就渴望被她打上一两下。当然，那次夏小雨被喊哭之后，我再没叫过她"下大雨"，暗地里称呼她"毛毛雨"。

有一天，毛毛雨在手工课上说想看看海龟标本，我记到了心底。上午放学后我没有立即回家，满镇子寻找卖宠物的地方，终于在一个小摊上看中一只小龟。吃过午饭，我就一路狂奔着飞跑出家门，花了三元钱买下那只小龟。三元，可是我积了快半学期的零花钱啊！我想，在我们这个小镇子，见到海龟是不可能的，但是小乌龟应该是海龟的孙子，我要让毛毛雨见到海龟的孙子。我为自己这个想法兴奋不已。

没等我跑到学校，我的小龟就被几个高年级同学抢着当宠物了。我急着向他们说，我是要用小龟做标本的，如果你们不还给我，我就让老师向你们要。他们把小龟一扔，不屑地说，谁要你的臭乌龟。接着，其中一个又对我说，傻瓜，做标本是要把乌龟的四肢和头拔掉的啦！我感激地把话记在心里。

来到班级，我迫不及待地把小龟展示在毛毛雨面前。她果然喜欢！看着小龟，她满是怜惜地说，如果是一个标本就好了，能永远放在家里，不用担心它会死掉。让她这么一说，我们都担心小龟随时会死去，我想赶紧动手，要把小龟做成标本。

按照高年级同学的指点，我得拔掉小龟的头和四肢，但是我的力气不够，拔了几次都没成。在一边看着的毛毛雨连忙跑开，她一边跑一边喊"三小子是大坏蛋"。

三小子就是我的绰号，奶奶经常对人说，谁说我家都是杨门女将，你们看我们家三小子，大头大脸有模有样，整个就是男儿相，若是今后要娶老婆，一定能娶上个千金小姐。

被毛毛雨喊成坏蛋，我心里很是难过了一下子，但是我想让小龟变成标本，永远放在毛毛雨的书包里。所以，我找来了做手工用的小刀，把小龟的四肢、头去掉……

当我把剩下个空壳子般的小龟"标本"送到毛毛雨手上的时候，毛毛雨竟然吓得大哭起来。

那节是音乐课，老师问毛毛雨为什么哭着跑上讲台，她哭着指向我。

我把"标本"拿了出来，放到桌面上，同时把双手也放上来。身边的其他女生也开始尖叫起来，因为她们看到我手上来不及洗去的血迹。

老师问我残害小龟的原因，我指着桌上我的杰作，说："我想让毛毛雨看看海龟标本，这是海龟的孙子。"

老师又问我，见没见过海龟，我说在电视里见过。当老师问我为什么要给毛毛雨做海龟标本的时候，我毫不犹豫回答道："长大了我要娶她。"

老师和我说这些话的时候都是在办公室里，否则我是断然不会说出心中秘密的。当老师听了我要娶毛毛雨的话时，办公室里的其他老师都哈哈大笑起来，包括刚调到我们学校做校长的夏老师，毛毛雨的爸爸。

老师告诉我，我和毛毛雨都是女孩子，女孩子和女孩子是不能结婚的。我纳闷了好半天，还是没想清楚长大后为什么不能娶毛毛雨做老婆。

从那以后，家里人不断对我说做女孩子要如何如何，从走路到坐姿，从吃相到穿衣打扮。妈妈给我做了有生以来的第一条裙子，爸爸限制我的周末活动范围……总之，我没再为毛毛雨逮过小水蛇，没再为她捉过毛毛虫或者蟋蟀蚂蚱之类能让她高声尖叫的东西。人人都说我突然变得斯文起来，像个女孩子了。

>>>

友谊不用碰杯，友谊无需礼物，友谊只不过是我们不会忘记。

——王蒙

逃命蟹

每次遇见逃命蟹，要么眼睁睁看着它们从眼皮底下消失，要么轻轻捏着它的壳到溪里放生，有时还要对蟹说上几句话："还是送你回家吧，再往前走就到山上了，你会渴死的。"我们这样说这样做的时候没有一丁点做作成分，完全出于纯天然的同情心。

　　故乡南坑是个不足百户人家的小山村，村庄右边一条大溪，村前一条小溪，每逢夏季风水大作前，就有溪蟹从小溪里往岸上逃，匆匆忙忙，左顾右盼，显得很是小心翼翼，像那些经历许多世事乱离的人，村人称这种溪蟹为逃命蟹。那时，我们见到逃命蟹的机会很多，几乎每年暑假都会遇上它们几回，但是我们从来不捉它们来吃，原因是听大人们说吃了逃命蟹要肚子疼的。每次遇见逃命蟹，要么眼睁睁看着它们从眼皮底下消失，要么轻轻捏着它的壳到溪里放生，有时还要对蟹说上几句话：还是送你回家吧，再往前走就到山上了，你会渴死的。我们这样说这样做的时候没有一丁点做作成分，完全出于纯天然的同情心。

　　有一年暑假，村人在溪里下了茶籽饼药鱼，天还没大亮，男女老少都集中到了小溪里，提着水筒端着脸盘，拿网兜的拿网兜，带笊篱的带笊篱，再没器具可拿的就带上畚箕、火钳、柴刀等家伙，总比空着手去好点儿。我们小孩往往是轮不上拿网兜的，一般都带畚箕，可捞鱼虾蟹类，反正我们不是捉鱼主力，对狡猾的溪鳗、黄鳝、泥鳅、甲鱼等难药死的活物也无计可施。去到溪里凑个数，图个趣，能捉几条算几条，大人们从不会

198

介意。

记得那次药鱼，恰好俩舅舅在我家，他们可是捉鱼高手。那天我跟着舅舅到溪里，他们一见岸边的青皮蟹就捉。那蟹的俩螯上各有一小撮毛，村人都说不能吃，吃了就会肚子疼。我见状立即朝舅舅喊："那是逃命蟹，不能吃！"俩舅舅像是没听见似的继续往水筒里装青皮蟹，一会儿就半筒有余了。我向舅舅说明逃命蟹不能吃的原因后，他们笑话我孤陋寡闻，说："这时候的蟹都不算逃命蟹，发大水前的才算嘛！"我又以村里人谁也不捉拿青皮蟹为由，叫他们放生。村里其他人也劝过我舅舅，说那蟹不能吃的，他们就是听不进去，只好由他们去了，我简直有点恨铁不成钢地想：看你们吃了不肚子疼！

煮了蟹，我妈给俩舅舅温了一壶红酒。看着舅舅津津有味地吃着青皮蟹，闻着那股浓郁的香气，我眼巴巴地看了一小会儿，吞了好多的唾沫后，再也忍不住了。伸手夹了一腿蟹肉，毫不犹豫就往嘴里送，心想：大不了和舅舅们一起肚子疼吧！

一旦戒律被打开，人就会全然不顾禁忌了。记得那回，我吃了很多青皮蟹，那味道比溪里常见的蟹美了不知道几十倍，鲜中带着丝丝的甜，吃着吃着我就把肚子疼的担心抛到九霄云外，舅舅笑着问我下次药鱼还抓不抓青皮蟹，我随口一来就是一个响亮的字：抓！当然，那次我家舅舅吃青皮蟹的事件成为全村人的关注点，他们知道我们吃蟹没肚子疼后，每次药鱼大伙就争着捉拿青皮蟹了。因为在人们心里它们不是逃命蟹，发大水前的逃命蟹村人是坚决不抓的，并不是因为吃了肚子疼，而是因为他们心怀慈悲，用我妈的话说：好不容易逃上岸，怎么忍心吃了它呢！

人生的价值，并不是用时间，而是用深度去衡量的。
——列夫·托尔斯泰

城里的远亲

于是，我高高兴兴地把西洋参片泡在瓷缸里，然后连渣吃下，想着那个远亲的好心肠，想着自己将来有出息了怎样报答人家。

老爸每次给我送鸭肉都带上个小纸包，纸包里是寥寥几片西洋参。

我问老爸，哪里来的西洋参片？他说，城里一个远亲给的。

于是，我高高兴兴地把西洋参片泡在瓷缸里，然后连渣吃下，想着那个远亲的好心肠，想着自己将来有出息了怎样报答人家。

当然，那个有西洋参片支撑着的夜晚，我学习得特别起劲。

其实在这个炎热的夏季，我对老爸送的鸭肉没有太多的渴望，因为那鸭肉送到我手上的时候味道都有点馊了。

路途遥远啊！

每次老爸说罗阳娃该补身体啦，老妈就拽出一只鸭子，连夜杀了煮了。

次日凌晨四五点钟，老爸上路赶往县城。

鸭肉在老爸手中的布兜里翻山越岭七八个小时，来到我的学校已经是午休时间。

我迫不及待地打开布兜，掀开大瓷缸的盖子喝上一口汤。失望，酸溜溜地从我的嘴巴往我的喉咙流去。

我装作无比高兴地对老爸说："味道不错，你回去吧。"

老爸就满意地走上回家的路。

然后我把鸭肉倒进食堂工人的泔水桶。

有一回实在犯馋，我把鸭肉放开水里洗洗吃了下去，结果拉稀好几天。之后，我再不敢贪嘴。

我想过要对老爸说真话，但是如果父母知道鸭肉变味，就会在凌晨一两点起来杀鸭煮鸭，我怎么忍心啊！

就当是为食堂工人的猪做件好事吧，我常常这样自我安慰。

后来我想出一个自我安慰的妙招：每倒掉一块鸭肉就说一声"这块鸭肉鲜美细腻"，再倒一块又说一声"这块骨头松松脆脆的真好吃……"同时嘴巴不停地咀嚼着，仿佛真在吃。

嘿嘿这招还真管用，有时嚼着嚼着竟然嚼出鸭肉的香味来！

到了高二下学期，我突然爱思考了。爱思考的我怀疑起老爸的小纸包里西洋参片的来源。

我问老爸："你怎么每次都能碰上那个远亲啊？"

老爸说："是两家远亲，他们的房子正好都在那个路口，我想避开都避不掉。所以……"

怕我不相信，老爸就把远亲家的情况说得很详细：远亲家的门牌号，远亲家里的摆设，远亲家人怎样好客，还有远亲家里每次留他吃午饭那饭菜如何可口……

那天，我见老爸离去的步子有点摇摆，像个没吃饭的人，显得有气无力。

我暗暗跟踪他来到那个路口。路口的左边是一个药店，右边是一个小吃店。

店老板见到我老爸，很热情地问道：你儿子学校的饭菜好吃吧？听说那个学校的学生个个学习都刻苦，学校请了最好的厨师给他们做菜，是真的吧？

老爸很高兴地应答着，又向小吃店老板讨了一大瓷缸茶水，嘴上说着谢，一边喝着茶水一边吃着干地瓜丝，走上了回家的路。

这时，对面药店里的老板和小吃店老板说话了。

那个老人家真是奇怪，每半年都来两三次，每次来了都买两块钱的西洋参片，有一回我多称了两角钱，他说没带够钱……

　　我顿时明白小纸包的来源：老爸用他的午饭钱给我买的西洋参片！

　　我也明白了为什么老爸每次来看我，他的上衣口袋里都装着满满一袋干地瓜丝。那是他的午饭！

　　我站在路口，听着两位"远亲"的对话，顿时泪如雨下。

　　人间如果没有爱，太阳也会灭。

　　　　　　　　——雨果

欠你一篮花

春耕猛然记起每次清明节过后回乡给父母扫墓，墓碑上的花篮：母亲的碑前是百合花，父亲的碑前是茶花。

陶应该病危了！

春耕丢下电话就往家乡的县城医院赶去，在开往县城医院的车上，春耕在心里直骂苦娃：该死的苦娃不早点来电话！但愿该死的陶应该还能开口讲话，我要亲口听听他的道歉！那个不可一世目空一切的陶应该，如今不知有多么的形容枯槁。

自从公司有了起色，春耕一直想抽空会一会陶应该，陶应该欠他一句话。

想象自己西装革履地站到陶应该面前的那一刻，春耕心底就无比的惬意。复仇的快感像烧酒钻进了春耕的血管，令全身每一个毛孔都酥麻麻轻飘飘的，爽。以前春耕不会喝酒，喝了酒全身每一根寒毛都晕，像陶应该在二十多年前课堂上骂他的那些话一样，叫人无法忍受。

春耕狗崽子你有本事就考上中专、大学或者做点出息事，我把肚脐眼晾出来给你插香杆。这是家乡人骂人没出息最毒的话。

春耕辍学第二个周日对同伴们说，我再也不到女厕所窗外偷看了，我也不再欺负女同学了，我要远走他乡挣大钱。春耕又说，走之前要狠揍陶应该一顿。

当天傍晚，春耕的死党向红、健康、苦娃都和他一起去了陶应该家。陶应该正在自家前厅，端着一盆糠饭，一群鸡鸭正围着陶应该，翘首等候他手中的食物。

真像班上那些爱打小报告的马屁精，围住陶应该述说我的种种不是呢！春耕这样想着就冲了进去，和陶应该之间隔着一群惊悸四散的鸡鸭。陶应该边给春耕端木板凳边招呼其他几个在门外迟疑着的脑袋。他摸出一盒烟，递一支给春耕说："现在不要偷偷地吸了，我给你点上。"

"啪"的一声，陶应该右手握打火机递到春耕眼前，左手围成一个兜，把风儿阻挡在兜外，把向红、健康、苦娃来时的初衷也挡在了兜外，哥们义气瞬间劈劈啪啪落到地下，碎成一地鸡屎、鸭粪。

春耕的拳头被一支烟软化了，仇恨从拳掌缩进了心里。

走出陶应该的家，苦娃问："算了吧?"春耕边吐烟圈边吐出来个不字。健康指着路边的一片菜地说，陶应该把青菜和鸡鸭弄得很好，就是没把我们放在眼里。

春耕心里就有了主意。

第二天，陶应该的老婆在菜园里大骂："哪个缺德鬼，拔了我家的整园子里的青菜，毒死我家的整窝鸡鸭……"

苦娃曾经说，春耕走后陶应该对他们比以前好多了。春耕不信，总有一天他要让陶应该为说过的话负责。

春耕八面威风地站到陶应该的病榻前，根植心底十多年的怨恨像一块夹板撑在他的腰间，让他直挺挺地站立，满脸不屑。

二十几年过去了，陶应该虽然憔悴不堪，但眼神还是那么不可一世，全然不顾春耕对他的藐视。他瞧着凛然的春耕问："你还不解气吗? 那么一大园子青菜让你们几个小兔崽子拔了多长时间?"

春耕一怔。

"你们毒死我家鸡鸭用的是什么药? 当初我们想吃那些毒死的鸡鸭硬是不敢吃，全部埋了多可惜呀!"

春耕又是一怔。

"想找你问问用的什么药又找不到你，想问向红健康和苦娃，又怕吓着他们让他们没心思参加中考。哎，你说说第二天你到底躲到哪个鬼窟窿里啦?!"

陶应该问完话，春耕浑身一激灵，心里的怨恨开始土崩瓦解。

陶应该说："你带来香杆没？医生说我癌症晚期，你再不插可就没时间了！"

春耕转身，想走出病房。

身后陶应该大叫一声"站住"，接着开骂："不孝的小子！二十多年也没见你给你爸妈的坟墓上一篮花。现在我快走了，明年清明前记得回来，你爸爱茶花你妈爱百合花！"

春耕猛然记起每次清明节过后回乡给父母扫墓，墓碑上的花篮：母亲的碑前是百合花，父亲的碑前是茶花。

春耕的公司是做茶叶生意的，清明前无法抽身回乡祭墓。家乡的扫墓习俗只可提前不可推后，否则被视为不孝。闯荡这么多年来，春耕一直以为是哪家近亲在替他尽孝，万万没想到是……

事后，春耕每年都在清明节前赶回家乡，给父母上百合花、茶花，给陶应该老师上他最喜爱的兰花。在陶老师的墓碑前，春耕总会想起父亲临终交代陶老师，又由陶老师临终前转述出来的话：教育春耕小子可用激将法，他逆反心理特别强。

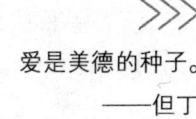

爱是美德的种子。

——但丁

老爸万岁

罗阳的儿子见到"大了不少"的"小懒"时，一阵狂呼"老爸万岁"，竟当着病房里众人的面，在罗阳脸上狂啄了起来。

　　民工罗阳路过一家宠物店门口拣起一只被丢弃的小乌龟，带回租住的地下室。读小学一年级的儿子见到小乌龟时，高兴得直呼"老爸万岁"。

　　到垃圾房找来个方便面筒，清洗过后再放进几个小石子，小乌龟的家就安顿好了。因为小乌龟的眼睛一直闭着，又不肯下水活动，也不怎么爱吃东西，儿子给它取名"小懒"。

　　自从家里有了小懒，罗阳感觉到儿子的变化很大，不仅话多了，周末还带几批同学到家里看他的小懒。小家伙们围在那只方便面筒四周叽叽喳喳兴奋地谈论着，仿佛一群精英在商讨国事。有的说"乌龟代表长命百岁可以送"，有的说"乌龟又叫王八，王八蛋是骂人的话，送乌龟不好"。

　　每次听见这些话，罗阳总想问问儿子要把小懒送给谁，但一转身，自己就进了忙字里，也就忘了问，在工地上挣一家人的开销实在不是件轻松事。况且，儿子的同学都是民工子女，把小乌龟随便送给谁养着都是个宝，他爱送谁送谁去吧。

　　五一长假来临，儿子闹着要回乡下老家看看爷爷奶奶，临走前他一再嘱咐罗阳要把小懒养得好好的，说是等班上那个生白血病的同学"小金鱼"回校就送给她作礼物。他又告诉罗阳：如今的小懒已经不是他一个人的小懒，它将带上全班人的祝福送给"小金鱼"，因为全班只有他一个人有宠物。

以前"小金鱼"也有宠物——一条小金鱼，是她舅舅送的，全班人羡慕得不得了，她就把小金鱼带到教室来，让大家轮流给小金鱼做主人，给它喂食给它换水，她家的小金鱼因此成为全班人的小金鱼，所以同学们都称呼她"可爱的小金鱼"。

罗阳虽然没有太多的时间照顾小懒，但他还是叫儿子放心地回乡下陪爷爷奶奶。他对儿子说："别担心，说不定等你回来的时候小懒睡醒了也爱运动了呢！"儿子用满怀期待的目光看着他的小懒说："听见了吧小东西，到时候你别闹得叫我大吃一惊哦，那样的话我可要给你改名字了，叫什么好呢？"罗阳接话说，那就得叫小勤奋！

儿子回老家去的第二天，小懒成为永远的懒汉，一动也不动了。罗阳的担忧随着时间一分一秒地流逝成倍成倍地增长起来，甚至在工地的脚手架上干活都分心。

儿子回县城的前一天下午，罗阳向工头请了半天假来到宠物店。本来打算买只一模一样的小乌龟充当小懒，但是一问价格罗阳被吓了一跳，那可是他们一家子好几天的生活费！

罗阳像只霜打的茄子蔫耷耷地回到工地，工友们给他提建议，说是在城西的小巷里有小商贩摆地摊，那儿的乌龟便宜。这话比西洋参还提神，罗阳立即跨上自行车慌慌地向城西骑去，他要在小摊贩们撤走前买到小乌龟。

次日上午，罗阳没有上班。

工头气咻咻地赶到罗阳一家租住的地下室，门锁着。原来罗阳在去买乌龟的路上让车撞断了腿，住进了医院。

躺在病床上的罗阳还念念不忘买乌龟的事，妻子无奈地建议道："就对儿子实话实说吧？"罗阳叹气说："你让儿子怎么面对同学啊！他和同学们又拿什么祝福'小金鱼'康复呢？"

开始工头听得云里雾里，想不通这个巴不得将一角钱掰成两半用的土汉子怎么会迷恋上养宠物。后来，等工头弄明白事情的来龙去脉，罗阳的儿子已经随同他奶奶站到了病床前面。问过爸爸的腿痛不痛，小家伙马上问起他的小懒。罗阳支吾着答不上话。

工头把右手一抬，张开食指和大拇成个大 C 字母，伸在小家伙的面前说，你爸爸可了不起呢，把你的小懒养成这么大哩！

说完，工头转身向罗阳的老婆求证道："你说是不是？"女人赶忙应道："就是就是。"女人应完工头的话，也应出一脸的愁云来。

工头交代罗阳好好养伤，又对罗阳的老婆做个手势，就走出了病房。

半个小时后，工头再次出现在病房里，手上多了只小乌龟。

罗阳的儿子见到"长大了不少"的"小懒"时，一阵狂呼"老爸万岁"，竟当着病房里众人的面，在罗阳脸上狂啄了起来。

工头在一旁呵呵直笑，很幸福很迷醉的样子，仿佛那一下下鸡啄米粒般的亲吻都落在了他的脸上。

人，只要有一种信念，有所追求，什么艰苦都能忍受，什么环境也都能适应。

——丁玲

龚爷贺喜

其余的都是散落在村野山坳里的蒙人字，那也是读书人应该知晓的活络字呢！从今往后你就要走出咱们山沟沟到大地方读书、工作，可千万别让书本里那些呆板的字圈捆住……

龚爷是我村里的外姓人，因为年纪大、学问大、架子也大，所以人人都称他"爷"。龚爷的嘴巴大如鲶鱼嘴、背弓得像不堪重负的竹扁担。我爸曾经挠着头、皱着眉狠狠地说："龚爷这嘴、这背都是让人给整的。"

当年我考上大学的时候还不知道有造字这码事，其时，我也未认识字典里那个非常形象的"囥"字，总以为它也是被村里人称作"土秀才"的龚爷胡编出来的蒙人字。

刚接到大学录取通知书的那阵子，我的名字"山囡"轰动了乡里的好几个村，同时引来诸多亲朋好友，陆续到我家里祝贺。其中就有上厝的龚爷。说是上厝，其实在我那个小山村，从上厝到下厝往往有步行半个多小时的路程，人称"一竹竿路"。所谓的"一竹竿路"，即山里人走夜路时点一杆长竹竿照明，一支竹竿烧到头，这段时间里走过的路程。八十多岁的龚爷来我家不是在夜里，但也一样走过"一竹竿路"。

我猜想，龚爷到我家一定是因嫉妒而来，因为我是当时村里唯一学识高过他的人。果不出所料，他刚一进门就嚷嚷："大学生！林村唯一的大学生！来来来，受龚爷测试测试过不过关、合不合格，啊！"家里人谁也不敢怠慢，把他迎进屋子的厅堂。

龚爷坐定，不像常人那样见我就夸奖。他没有半点要夸我的意思，先给我出了道题："大学生认字多是吧？你说石字旁边添个火字是什么字？"我虽然对他的题心存不屑，但是实在不敢肯定"石"加"火"算不算个字，显得有点窘。

在众人的哄笑声里他晾出了字底："那就是 bong 字嘛（方言里意为炸裂或爆裂的意思）！你想想啊，石头放在火上烤迟早总是要 bong 的！"接着他出了另外的两道题："门里加一竖和门里加一横分别是什么字？"我想到了落夜时分家里用来支撑门的木棍，以及方言里表达撑门动作的词，但没说出来。心想：你乐意就尽管去编好了，反正你编的字上不了字典。

我正要借故走开以避他那股酸劲儿，不料龚爷却喊住我，一脸严肃地说："山囡！龚爷考你的这些字当中，只有门里加一横是坐落在字典里的，念'shuan'。其余的都是散落在村野山坳里的蒙人字，那也是读书人应该知晓的活络字呢！从今往后你就要走出咱们山沟沟到大地方读书、工作，可千万别让书本里那些呆板的字圈捆住……"我顿时英雄气短起来，立住脚迈不开步子。

当日龚爷走后，爸爸告诉我：龚爷是个非常器重学问、尊重知识的人，他在"文革"中因此吃过苦头——上辈村人中就他上过半年私塾，识文断字，不论谁家里失丁（死人）都叫他写冥币的"信封"，诸如某某孝子孝孙拜寄冥币几万或几千，无不是些无稽之事，但也就是祸起这些无稽之事，运动中龚爷的全身让人挂满了用线串成的冥币。

龚爷在批斗台上站立，像极了秋天里满身枯叶的老树。按说一般人让挂就挂了，他却在嘴里不住地劝："后生小子们嘞！认识几个字不是罪过，你们都应该识字，以后有大用处呐！"因此他那张让当时人无法忍受的

"反动嘴"也让布条勒开、绑在后脑勺，之后他的嘴就更大更像鲶鱼嘴了。

龚爷回家时留下一句话："山囡他爸！拿出你当年绑我嘴巴的劲送你的娃上大学，准没错！经济实在困难就说一声，我还有点老底。"说完话塞给我 100 元钱，那是我上大学第一学期所有费用的三分之二！

真正的友谊从来不会平静无波。

——赛维涅夫人

招呼

堂哥说：我不配。不过夏老师说只要我的英语水平超过她就让我一直喊她干妈，总有一天我要让夏老师为我的英语感到自豪。

她是英语老师。第一节英语课，她要向学生作自我介绍。

"我姓夏，英文名叫 Summer，如果你们愿意和我做朋友，不论在哪里碰见我都要叫一声 Hi，Summer！你们愿意和我做朋友吗?"

"愿……意……"

这里是山区，山里的孩子羞于把英语说出口。

因此，她想了这样的法子，鼓励学生把课堂上的招呼声拎进活生生的生活里，至少在校园内碰见她时，能大胆地喊她一声："Hi，Summer！"

"开火车"是一个能大面积训练学生口语的教学点子：根据学生座位，一列列或一行行地快速说出练习的内容。

"火车"开到他面前。

起立，微笑着，他大声地喊："Hi，三八！"他在小学时最讨厌英语老师，背地里就喊英语老师臭三八。

全班人哄堂大笑，她没在意自己被喊作"三八"，继续"开火车"。

课后，他在校园里很响亮地喊她："Hi，三八！"她微笑着、很爽快地应答着："Hi！"好像她的英文名就叫"三八"。

第二节英语课。

又开火车，到他。

她说："Hi，罗阳！"他答："Hi，干妈！"

尽管全班人又哄堂大笑，她还是没在意，继续"开火车"。

课后，他在校园里见到她都大声地喊她："Hi，干妈！"她还是微笑着回答："Hi，罗阳！"大伙都听得出她的回答里装着满满的热情。

第三节英语课。

开火车，到他。他有了自己选的英文名：Apple，课前他告诉过她。

这次，开火车到他时，他先开口打招呼："Hi，干妈！"她答："Hi，Apple！"

全班人又笑，她没在意，继续开她的"火车"。

此后，他都喊她"干妈"，一直到初中毕业。

他是我的同班同学，我的堂哥罗阳。

她是我们的英语老师夏天，也就是 Summer。

堂哥初中毕业后无所事事半年，伯父想让他学手艺他不去，叫他再读书他直摇头说"打死我也不去，要学也只学英语！"

寒假里的一天，我正在楼上读着英语，堂哥突然来到我的房间说，我要学英语。

我惊奇地望着他。

他说："我要和夏老师比英语水平。"

这是我第一次听堂哥喊夏老师，就问："你不叫她干妈了？"

堂哥说："我不配。不过夏老师说只要我的英语水平超过她就让我一直喊她干妈，总有一天我要让夏老师为我的英语感到自豪。"

堂哥现在一家公司当译员，虽然不是全靠英语吃饭，但他真的让夏天老师为他感到自豪了。

听说，现在他碰见夏老师还叫她："Hi，干妈！"是老师让他这样喊的，说是可以弥补堂哥的娘早死的缺憾。

只要厄运打不垮信念，希望之光就会驱散绝望之云。

——郑秀芳

我欠姜母一声谢

待到第六日，我准备逃离那份一如倾盆暴雨般的关爱，回县城家里。那里有父母亲不显山露水的爱，犹如一盆素菜，虽然清淡但是也一样可口。

姜多年生草本植物，根茎有辣味，是常用的调味品。家乡人习惯称生姜为"姜母"。

眼下又到姜母下土入种时节。每到这个时候我对姜母的感激之情总会油然而起，耳旁响着"草本蒜，木本椒；大葱生姜做佳肴……"的童谣，一直延续到新姜上市。因为姜母对我有还魂救命之恩。

在三十多年的人生路上，我曾经因肠胃病昏死过好几回，吓得亲人们手足无措地不知如何是好。

让我终生感念姜母的那回昏死，发生在我念完大一的暑假里。我回到阔别六年的故乡，看望我的叔、伯等长辈。因为我是当时族里唯一的大学生，虚荣心把我擎上了云霄，使我一路上飘飘欲仙。现在想来还为自己当初的幼稚汗颜，我竟然视故乡行为"衣锦还乡""荣归故里"！

回到故乡，我被浓浓的亲情包裹着，叔伯们似乎要把他们多年以来未曾表达的关爱趁机全数补偿给我。

我的叔伯都是老实巴交的庄稼汉，庄稼人最朴实的爱就是杀掉平日里自己舍不得吃的家禽家畜，烹成美食端上餐桌，劝你多吃点肉多喝碗汤。我一到家，奶奶就对我说："今天晚上我们杀鸭子吃，我记得你是最喜欢吃鸭头鸭翅膀的，对吧?"一旁的二叔接话道："明天到我家吃兔子，阿录最爱吃兔子耳朵，两只耳朵都给你。"还有大伯、大哥、二哥，人人都说家里为我准备了该宰杀的牲口。

待到第六日，我准备逃离那份一如倾盆暴雨般的关爱，回县城家里。那里有父母亲不显山露水的爱，犹如一盆素菜，虽然清淡但是也一样可口。

就在那日早上，我的腹部疼痛难忍。平日里看过些医学书籍的我，立即判断自己本不太好的肠胃开始对我容纳亲情的大肚表示抗议了。我开出几味促消化止腹泻的药，叫小妹到邻村去买。常言道"病来如山倒"，我暂时回不成县城的家了。

用过几味西药，我的病症根本不见好转。伯母和奶奶凭着她们脑海里由生活经验书写的药方，不停地往山上跑，挖掘各种止吐泻的草药，熬成汤水给我喝。

在农村，漫山遍野都是用得着的药物，一座山就是一个大药房。可惜当时的我认识的草药寥寥无几，且打心底里不看好土方的疗效。也许是出于病急乱投医的心态，也许是出于要对伯母和奶奶攀爬山岭寻药再熬药的辛劳心存不忍，不论她们端给我什么山药汤，我都一口气喝下。

午后，我的病情有所缓和，但是阵痛还常来侵扰，我已经被折磨得筋疲力尽。疼痛让我无法安卧在竹凉席上，我起身向大门走，想让门外果树枝头上知了的叫声转移注意力，借此分散疼痛感。还没走到大门口，一阵眩晕袭来我就倒下了。

正直酷暑天，厅堂里坐着纳凉的家人。大哥立即抱我到竹席，大嫂跑到上厝想呼叫懂点急救术的婶婶，当大嫂面对婶婶时竟张着嘴说不出一句话。奶奶、伯母、伯父等人乱作一团。

我苏醒时发现聚集了满满一厅的人，老老少少、族里族外的，都拿双眼盯着我看，好像我是从阴曹地府偷跑回来的鬼魅，只要他们的盯梢稍有松懈我就会被捉拿回去似的。我还发现有五个人一直在我的肢体上忙碌个不停：两个在给我的双腿用力摩擦，两个在我的双臂里向上下摩擦，一个在我额上不停擦刮，每个人手里都拿一大块姜母，我的周身飘荡着姜母散发出来的淡淡清香。

我诧异于自己怎么处在了众目睽睽的焦点，不解地问："我刚才怎么啦?"原本静谧的厅堂因为有了我的声音，气息开始活泼生动起来。人们不停地向我问安、彼此交谈。伯父倒是幽默，他对我的提问是这样回答的："我们都以为你死了呢！你倒地时喉咙头发出一声人要断气那样的'咔嚓'声……"我对伯父说："我没那么容易被小鬼抓走，我要回来连阎王爷也拦不住！"众人哄堂大笑着把心事放下。

我起身对各位说谢谢时，他们异口同声地说："是姜母救了你。"从此，在我的内心里欠下乡邻们的一份情，也欠下姜母一声谢。

>>>

一个人，只有在实践中运用能力，才能知道自己的能力。
——塞涅卡